Wahrheit
Teil 3 der „Trilogie der Wahrheit"

Teil 1
Paradies

Teil 2
Beginn

Gabriel Barylli

Wahrheit

Roman

silverline publishing

Impressum

© 2014 by Silverline Publishing
Herstellung: BoD – Books on Demand
Buchgestaltung: Anja Jakob
Dieser Text ist in nicht konventioneller Form gesetzt.
Dieses Erscheinungsbild ist Absicht des Autors.

2. Auflage 2016

ISBN: 978-9962-702-11-5

Kontakt Gabriel Barylli:
www.gabrielbarylli.at
contact@silverline-publishing.com

Bücher aus der Silverline Publishing gibt es in jeder Buch-
handlung und in den bekannten Online-Shops

Für Giordano Bruno

6

Als es still wurde, wachte ich auf.

Durch die Flügel der hölzernen Jalousien waren keine Lieder mehr zu hören. Kein Lachen der letzten Gäste, keine Gläser, die aneinander stießen, wenn die Kellner sie von den verlassenen Tischen räumten.

Die Piazza war in ihrer Nachtruhe angekommen.

Es war zwei Uhr am Morgen und ich lag da und sah zu Martin. Ruhig lag er neben mir und atmete leise. Ich stand auf und trat ans Fenster. Ich öffnete die braunen Holzläden und lehnte mich auf die Fensterbank.

Drei Stockwerke unter mir war alles leer. Noch vor einer Stunde hatten auf der „Piazza della Rotonda" hunderte Menschen gelacht, gegessen, getrunken und gefeiert. Jetzt war ich allein. Und atmete aus. In die römische Nacht.

Der Brunnen in der Mitte des Platzes war das Einzige, das eine beständige Melodie erzählte. Ich sah hinaus zu den Tauben, die unter dem Dach des Pantheon schliefen. Schweigend stand der uralte Tempel da und erinnerte sich an all die Götter, die in ihm vor tausenden von Jahren gefeiert wurden.

„Eine Heimat für alle Götter", sagte Martin und lehnte sich neben mich an die Wand

„Entschuldigung, habe ich dich geweckt?", sagte ich und sah ihn an.

„Nein, du nicht. Es ist die Stille dieser Nacht und der Ort und die alten Zeiten, die da draußen leben."

„Also können wir in dieser Nacht nicht schlafen", sagte ich und nahm das Glas Wasser, das auf meinem Nachttisch stand.

„Nein, noch nicht", sagte Martin und ging zu seinem Koffer. Er öffnete ihn und nahm seinen Computer und seine Headset-Brille heraus. Ich trank einen Schluck aus meinem Glas und stellte es zurück.

„Du willst verreisen?", sagte ich und holte mein Headset aus meiner alten, braunen Ledertasche, die mich durch schon so viele Abenteuer begleitet hatte.

„Ja", sagte Martin und setzte sich wieder auf unser Bett. „Ich möchte Fragen stellen."

Ich setzte meine Computerbrille auf und lehnte mich neben Martin an das Kopfende unseres Bettes. Die römische Luft war warm und mild. Dann schaltete Martin den Computer ein und wir betraten die Welt des „Paradies-Spieles".

Zu Beginn war das Bild vor meinen Augen schwarz wie eine sternlose Nacht. Dann öffnete sich eine Tür in der Mitte der Dunkelheit und wir traten gemeinsam aus der Stille des Raumes hinaus in die hellen Dünen der Wüste, die mir so bekannt waren.

Weich zeichnete der hellbraune Sand seine Kurven bis zum Horizont und in einiger Entfernung sah ich die weiße

Pyramide mit ihrer goldenen Spitze, die in der hohen Mittagssonne blendend strahlte.

„Du willst hineingehen um zu fragen", sagte ich zu Martin und er lächelte mich an und ging los.

Nach einer Weile erreichten wir die Basis des weißen Tempels. In der Mitte des strahlend weißen Dreiecks, das bis hoch in den Himmel ragte, öffnete sich eine Türe und wir traten ein.

Leise schloss sich hinter uns die Wand und nach einem Augenblick der Stille begann sich rund um uns ein feiner, leiser Ton auszubreiten. Es klang als hätte man den Atem der Sonne zum Schwingen gebracht. Dieser Ton erfüllte den Raum und als er begann zu seinem stillen Echo zu werden, leuchtete in der Mitte der Dunkelheit ein schwebender goldener Ring auf. Er schien sich unendlich langsam um seine Achse zu drehen und war so groß wie meine ausgestreckte Hand. Zu unseren Füßen lagen breite, weiche Kissen und Martin und ich setzten uns darauf und lehnten uns entspannt an die warme Steinwand dieses stillen Raumes.

Wir sahen zu dem Ring und als der Sonnenton endgültig verklungen war, hörten wir eine Stimme die aus der Mitte des goldenen Ringes kam.

„Hallo Maria, hallo Martin. Gefällt euch diese Inszenierung?"

Martin sah mich kurz an und lächelte: „Ja, sie ist sehr...

würdevoll."

„Würdevoll... das Wort gefällt mir", sagte die Stimme und ich bemerkte einen Anflug von Heiterkeit in ihrer ruhigen Art mit uns zu sprechen.

„Wenn dieses Bild, das ihr vor euch seht seine Aufgabe auf diese Weise erfüllt, dann bin ich zufrieden."

„Was ist seine Aufgabe?", fragte ich und die Stimme antwortete: „Die Aufgabe dieses goldenen Ringes ist es, euch bei Eurer Konzentration zu helfen. Er zeigt euch die Kraft eurer Energie, die keinen Anfang und kein Ende kennt. Eure Gedanken sind mit diesem Bild vertraut und können sich ohne Ablenkung durch Überraschungen auf unser Gespräch einlassen."

Martin atmete tief ein und wieder aus und sagte dann: „Wir sind gekommen um Fragen zu stellen."

„Das habe ich gehofft."

Wieder fühlte ich einen warmen Humor in der Art, wie die Stimme zu uns sprach und dann fragte ich: „Nach diesen langen Wegen und dieser langen Reise durch die Tore, die uns zum Paradies geführt haben..."

„Ja?!"

„Nach diesem Glück, diesen Mann gefunden zu haben, mit dem ich heute bei Dir bin..."

„Ja?!"

„Heute, an diesem Tag, an dem ich das Gefühl habe, wie zum ersten Mal an dem Anfang meines Leben zu stehen, möchte ich dich fragen: wer bist du?!"

„Es freut mich, dass wir unser Gespräch mit diesem Rätsel beginnen wollen, aber ich werde es ganz einfach lösen. Ich bin der Erfinder des Paradiesspieles. Ich habe vor langer Zeit erkannt, dass diese Welt einen Weg finden muss, um an die Wahrheit zu gelangen. Ich habe das Glück gehabt, Menschen zu begegnen, die mit mir gemeinsam dieses „Spiel" errichtet haben. Das Spiel in dem du, Maria und du, Martin begonnen habt, einen Weg zu gehen, der euch aus den Illusionen und Täuschungen unserer Zeit hinausführt. Ihr habt mit euren helfenden Begleitern eine Stufe nach der anderen gemeistert. Ihr seid durch viele Tore der Prüfungen eures Denkens gegangen und habt nun den Ort erreicht, an dem ihr erlebt, dass ihr in eurer Liebe wachsen wollt. Ist es nicht so?!"

Ich sah zu Martin. Er wirkte ruhig und ernst als er sagte: „So ist es. Wir haben einander gefunden und erleben das Glück unserer Liebe. Diese Liebe ist wie ein Ergebnis einer Suche nach einer neuen Welt von Mann und Frau."

„Es freut mich, dass die Stufen des Lernens euch zu diesem Gefühl gebracht haben, aber jetzt bin ich sehr neugierig, mit welchen Fragen ihr heute zu mir gekommen seid."

Ich sah, dass mich Martin mit seinem Blick aufforderte, die erste Frage zu stellen und sagte: „Wir sind sehr glücklich, einander gefunden zu haben in dieser Welt, in der nichts seltener zu sein scheint als wahre Liebe. Diese Liebe erfüllt und verbindet uns. Es hat den Anschein, als könnte nichts und niemand uns dieses Gefühl jemals wieder nehmen. Wir erleben uns in einer ungestörten Harmonie der Zweisamkeit…"

„Aber?!"

„Aber in diesem Glück der Zweisamkeit ist uns bewusst, dass wir in der Welt leben, die uns umgibt. Diese Welt mit all ihrer Realität der Lieblosigkeit und Unbewusstheit hat sich durch unser Glück nicht wie in einem Märchen in ein Paradies verwandelt. Wir sind in das Paradies unserer Liebe gelangt. Aber rund um das herrscht nach wie vor Krieg und Leid und Not…"

„Was ist deine Frage?"

Ruhig und mit stiller Freundlichkeit hatte die Stimme diesen Satz gesagt. Ich hielt kurz inne und sagte dann: „Meine Frage ist: Wie können wir in dieser Welt leben und unser Paradies erhalten? Wie können wir unsere Gedanken, unsere Haltung, unsere Würde, unsere Heiterkeit bewahren, wenn wir uns nach unserer ersten schönen Reise wieder in den Alltag unserer Welt begeben. Ich habe Angst, durch die Begegnung mit der Realität in den Straßen unserer Welt die Schmerzen einer lieblosen Macht zu erleben."

Martin nickte mir zu und sagte: „Maria spricht aus, was ich genauso fühle. Kannst du uns an diesem Punkt unserer Reise helfen?

„Wenn ihr bereit seid die Wahrheit zu erfahren, dann kann ich es." Martin lachte und nahm meine Hand: „Wir sind bereit."

„Gut ", sagte die Stimme, „dann beginnen wir mit einem einfachen Wort:

„SEX".

„Die Wahrheit ist, dass du Maria, und du, Martin das Ergebnis eines sexuellen Aktes eurer Eltern seid.

Ihr fragt euch jetzt, warum ich euch diese so selbstverständliche Wahrheit an den Anfang unseres Gespräches stelle. Die Antwort liegt wie so oft in der Frage: Weil das Selbstverständlichste auf diesem Planeten von den Menschen nicht in seiner Selbstverständlichkeit gelebt wird. Die nächste Frage kann daher nur lauten: Warum können die Menschen mit der selbstverständlichen Urkraft ihres Daseins nicht auf gesunde und selbstverständliche Weise leben?

Und darauf lautet die Antwort: Weil sie den Weg der Macht gewählt haben.

Auf dieser Erde gibt es nur zwei Wege auf denen wir Menschen gehen können. Diese sind: Der Weg der Macht oder der Weg der Liebe.

Unser Ursprung ist die Sexualität. Alles was uns umgibt, alles was atmet, lebt, sich pulsierend entfaltet, alles Leben im Leben ist Sexualität. Diese Kraft des Kosmos ist der Beginn jeder unserer Bewegungen. Sie ist das Feuer in der Materie, die sich entfalten will. Sie ist der Atem Gottes. Fürchteteuch nicht vor der Wahrheit.

Die Sexualität ist der Atem Gottes.

Wenn ihr auch nur einen Moment zögert, diesen Gedanken so und nicht anders auszusprechen, dann habt ihr den Beweis, dass die Welt der Menschen in euer Denken die Splitter der Perversion hineingeworfen hat. Diese Splitter heißen Angst, Gewalt, Lieblosigkeit, Grausamkeit und Unbewusstheit.

Vergesst es niemals: Eure Herkunft ist der Impuls zweier Menschen gewesen, sich zu vereinen und euch zu zeugen. Euch zu erzeugen. Dieses nackte, reine, keusche Erlebnis ist am Anfang eures Daseins gestanden. Eure Seele konnte nur dadurch in euren Körper inkarnieren, dass zwei Menschen mit der Vereinigung ihrer Körper, eure Körper zum Leben erweckt haben.

Sie haben euren Seelen die Heimat eurer Körper geschenkt. Absichtslos, rein, lebendig und klar wie das Wasser einer Quelle in den höchsten Bergen.

Ja, da stehen wir nun in dieser Kammer des Suchens und beginnen unseren letzten Weg mit dieser Wahrheit.

Diese Wahrheit lautet: Am Anfang eurer Reise findet ihr die

Macht der Sexualität. Ihr findet sie auf jedem weiteren Schritt in eurem Leben und im letzten Atemzug eures Daseins auf dieser Erde werden sich eure Körper wieder aus eurer Sexualität verabschieden. Eure Seelen werden Erfahrungen gemacht haben, die sie mit sich nehmen um sie in anderen Körpern zu vertiefen.

Aber eine Sache ist und bleibt das Alpha und Omega in dieser Welt der Materie: Die Wahrheit der Liebe, die Wahrheit der Sinnlichkeit, die Wahrheit der Atomkraft eurer Sexualität.

Wenn es euch gelingt diese Kraft in ihrer schönsten, wahrhaftigsten und reinsten Gestalt zum Leben zu erwecken, dann geht ihr den Weg der Liebe. Wenn es den Mächten der Dunkelheit gelingen sollte dieses Geschenk des Lichtes, diesen Diamanten der Sinnlichkeit mit Angst und Perversion zu verdunkeln, dann hat der Weg der Macht in eure Seelen seinen zerstörerischen Schatten geworfen.

Ihr müsst wissen, dass es einen ewigen Kampf gibt um das reine Herz des Menschen. Der Kampf zwischen den Mächten der Finsternis und den Mächten des Lichtes wird in eurem Denken ausgetragen. Er findet in eurem Bewusstsein statt. Dieser Kampf beginnt dort, wo ihr glaubt Bewertungen treffen zu müssen. Bewertungen für das schönste Erlebnis eures irdischen Daseins.

Allein der Gedanke daran, den Flug eines Vogels behindern zu wollen, indem ihr seine Flügel zerschneidet, muss doch in eurem klaren Verstand ein Gefühl des Entsetzens hervorrufen!

Ja, das tut es. Wenn ihr nicht verkrüppelt seid in eurer Art die Welt und ihre Natürlichkeit zu empfinden, dann kann nur blankes Entsetzen das Ergebnis sein. Jeder gesunde Mensch empfindet Abscheu vor denjenigen, die ein lebendiges, freies Wesen in seiner Natürlichkeit zerstören.

Und jetzt frage ich euch: Warum empfinden die Menschen kein Entsetzen und keine Abscheu vor denjenigen, die ihre Flügel zerbrechen? Warum erlauben die Menschen den Autoritäten ihrer Welten ihre göttliche Natur zu verkrüppeln? Warum geben sie tödlich handelnden Menschen die Erlaubnis in ihr Wesen die Splitter der Angst, der falschen Scham und der Perversion zu pflanzen?

16

Die Wahrheit ist so einfach wie traurig: Weil der Weg der Macht schon so lange auf dieser Erde beschritten wird, dass wir Krankheit als normalen Zustand betrachten, dass wir Entfremdung von unserer Natürlichkeit als Kultur bezeichnen, dass wir die Fesselung und Vergewaltigung unserer freien, natürlichen Impulse als den Zusammenhalt unserer Zivilisation empfinden.

Es ist eure Aufgabe zu denjenigen Menschen zu werden, die diese Krankheit des Geistes beim Namen nennen. Eure Aufgabe ist es, gemeinsam mit all den anderen, die auf dem Weg sind, das Paradies zu erfahren, den Jahrtausenden der Verdunkelung eures Geistes die Maske der Lüge herunter zu reißen. Eure Aufgabe ist es, Pioniere zu sein in einer Welt, die es schon so lange gewohnt ist in Vergewaltigung zu leben, dass die Menschen ihre Natur als „das Böse" bezeichnen.

Wundert euch nicht, wenn ich jetzt und hier in unserem Gespräch Worte wähle, die euch an das finstere Mittelalter erinnern. Ich tue dies mit vollem Bewusstsein. Ich tue dies um euer heutiges Denken darauf aufmerksam zu machen, dass sich an der Finsternis eures Glaubens nicht das Geringste geändert hat.

Als ich an den Beginn unserer Suche nach Wahrheit das Wort „Sex" an diese Wand geschrieben habe, hat es einen Moment in euch gegeben, der sich gefragt hat, was dieses Wort mit eurer Suche nach dem Sinn eures Lebens zu tun hat. Mit der Suche nach Wahrheit, Einsicht in die Pläne Gottes, mit Erleuchtung. Allein dieses kurze Zögern ist ein Hinweis darauf, wie viele Vorbehalte ihr in eurem Denken habt, wenn es darum geht, den Wurzeln eurer Lebendigkeit in die Augen zu schauen.

Warum ist das so?!

Die Wahrheit ist, dass diejenigen dunklen Geister, die euch seit Jahrtausenden in eurer Welt als Führer erscheinen, einen Weg beschreiten, den ich den Weg der Macht nennen will. Es ist der Weg, der euch von euch selbst entfremdet. Es ist nicht der Weg der Liebe."

Martin sah einen Moment lang zu mir dann sagte er: „Du sagst, dass wir uns mit dem einfachen Wort „Sex" beschäftigen sollen, wenn wir darauf achten wollen, das Paradies unserer Liebe zu erhalten."

„Was ist deine Frage?"

„Ich verstehe, dass du uns aufrufst zu unterscheiden zwischen lieblosem und liebevollem Sex, aber das Thema Sex ist doch das Thema unserer Zeit. Wo du hinschaust, wo du gehst und stehst, wirst du mit dem Thema „Sex" konfrontiert."

„Deine Frage?!"

„Heißt das nicht, dass die Menschen schon befreit sind, was dieses Thema betrifft? Unsere Großväter hatten noch unendliche Gefühle der Schuld, wenn sie an Sex auch nur dachten. Wir in unserer Zeit sind doch schon an einem Punkt angelangt, an dem Sex kein Thema der Unterdrückung mehr ist."

„Ich warte auf deine Frage."

„Meine Frage lautet: Warum sollten wir uns als erstes mit dieser Frage beschäftigen, wenn die Antworten, wie Sex gelebt werden kann, überall zu finden sind?"

„Um dir diese Frage zu beantworten, müssen wir uns zuerst den Zustand unserer Welt an diesem heutigen Tag anschauen, um daraufhin in unsere Vergangenheit zu blicken und dann wieder im Heute zu landen. Ist euch dieser dreifache Schritt recht?"

Ich sah zu Martin und sagte: „Es ist uns sehr recht, danke für deine Geduld mit uns."

„Ihr seid die Zukunft dieser Welt. Es ist mir eine Ehre, dass ihr mir diese so wichtigen Fragen stellt. Ich tue nichts anderes als euch die Wahrheit zu sagen. Wollt ihr sie weiter hören?"

„Sehr gerne."

Ich lehnte mich entspannt auf ein breites Kissen und stützte meinen Kopf in meine Hand. Der goldene Ring drehte sich langsam vor meinen Augen und dann begann die Stimme wieder zu sprechen: „Martin, du sagst zu Recht, dass wir in unseren Tagen umgeben sind von dem Thema Sex."

„Ja?!"

„Das ist richtig und falsch zugleich."

„Wieso?!"

„Wenn du deinen Blick auf das richtest, was du den west-lichen Kulturkreis nennst, magst du recht haben. Wenn wir jetzt auf die Straße gehen, sehen wir in den Ländern, die wir zu der westlichen Kultur zählen an jeder Ecke Bilder, Töne und Aktionen, die scheinbar völlig offen das Thema Sex be-handeln."

„Ich weiß, worauf du hinauswillst", Martin lachte kurz und nickte mir zu.

„Darf ich trotzdem weitersprechen?!"

„Ich bitte dich darum, ich wollte dich nicht unterbrechen."

„Danke. Während wir hier sitzen und uns in angemessener Freiheit mit dem Thema Sex befassen, gibt es Länder, Men-schen und Weltanschauungen, bei denen dieses Thema mit der Todesstrafe bedacht wird.

Hunderte Millionen von Menschen wachen jetzt in diesem Augenblick mit einem Denken auf, dass Ihnen das Thema Sex als Todsünde vorführt.

Wenn in einem bestimmten Land einer bestimmten Kultur eine verheiratete Frau einen fremden Mann auch nur küsst, wird sie von den anderen Männern ihrer Kultur als Strafe für dieses Vergehen bis zur Brust in den Boden eingegraben.

Dann steht eine Gruppe von Männern um sie herum und dann beginnen sie, ihren Glauben an Gott in folgender Art und Weise auszuüben: Sie bücken sich, heben Steine auf und werfen sie mit aller Wucht auf die verhüllte, eingegrabene Frau. Sie beginnen dabei auf den Oberkörper zu werfen. Das tun sie deshalb, damit die Frau nicht zu schnell stirbt. Zu viele Steine, die gleich zu Beginn an ihren Kopf geworfen werden, könnten nämlich zu einem schnellen Tod führen. Das wiederum würde einer Erlösung von dieser Qual gleichkommen und das ist nicht die Absicht dieser Folter.

Es wird bei dieser Aktion auch streng darauf geachtet, dass die Steine die Größe einer Faust haben. Kleinere Steine sind zu schmerzlos, größere Steine könnten zu einem schnelleren Tod führen. Das, was ich dir hier beschreibe hat nicht vor hunderten von Jahren stattgefunden. Es geschieht in dieser, unserer Zeit und auf diesem, unserem Planeten. Jetzt. Heute. Ein paar hundert Kilometer von dem Zeitungsladen entfernt, an dem du dir jeden Morgen auf dem Weg zur Arbeit schöne, nackte Mädchen betrachtest."

Martin atmete tief durch: „Ich bitte um Entschuldigung."

„Du musst dich dafür nicht entschuldigen. Der Anblick schöner, nackter Mädchen ist etwas sehr Erfreuliches. Genauso wie es für Maria erfreulich ist, die gut gebauten Oberkörper der nackten Männer zu betrachten, die gleich neben den Bildern der Mädchen in den Schaufenstern hängen."

Martin lachte mich kurz an, dann sagte er: „Nein, dafür bitte ich nicht um Entschuldigung. Ich bitte um Verzeihung dafür, dass ich in meinem Egoismus nur an die enge Welt gedacht habe, in der wir hier unseren Alltag leben. Du hast völlig Recht, unseren Blick auf die andere Seite der Welt zu richten. In diesen Kulturen ist noch gar nichts gewonnen."

„Genauso wenig wie in unserer…"

Ich sah zu Martin. Er war, so wie ich, von diesem Satz überrascht. Einen Augenblick lang war es still in der Kammer. Der goldene Ring drehte sich langsam und glänzte wie von tiefem Sonnenlicht bestrahlt.

Dann sagte Martin: „Genauso wie in unserer?! Das verstehe ich jetzt nicht. Du hast uns doch soeben die perversesten Auswüchse der Sexualfeindlichkeit in unser Bewusstsein gehoben, damit wir erkennen, wie frei wir hier leben dürfen, während im gleichen Moment am anderen Ende der Welt blanker Terror herrscht?!"

„Das habe ich nicht getan, damit du dich hier in unserer Kultur besser, stärker, richtiger, klüger, weiser und befreiter fühlen sollst."

„Aber das sind wir doch!"

Martin wurde ein wenig lauter. Ich konnte seine Ungeduld spüren und nahm seine Hand. Ich drückte sie einen Moment lang und fühlte, dass er sich wieder sammelte.

„Entschuldigung, ich wollte nicht ungeduldig werden."

„Ich kann deine Ungeduld sehr gut verstehen", sagte die Stimme. „Sie ist ein Zeichen dafür, wie viel Unerlöstes in euch noch darauf wartet, endlich befreit zu werden. Dieses Thema ist das heiligste, brennendste, lebendigste, herausforderndste Thema unseres ganzen Lebens. Alles andere kann erst dann betrachtet werden, wenn euer Blick klar geworden ist. Er wird aber nur dadurch klar, wenn ihr die Wahrheit in ihrer gesamten Größe erkennt. Auf dieser Erde ist es immer Tag und Nacht im selben Augenblick. Auch wenn du jetzt und hier für dich die Nacht in jeder Zelle fühlst, erlebt dein Bruder auf der anderen Seite der Welt den hellsten Tag."

„Worauf willst du hinaus?", fragte Martin und hielt meine Hand weiter fest.

„Ich will euch bewusst machen, dass das, was du als Freiheit empfindest nichts anderes ist als eine Scheinfreiheit. Du hast Recht, wenn du meinst, dass es für uns hier einen Fortschritt darstellt, keine Frauen zu steinigen. Wenn du dich aber von diesem Fortschritt blenden lässt und denkst, dass ihr in eurer Kultur das Rätsel der Sexualität gelöst habt, dann bist du in eine hübsche, bunte Falle gegangen. Das, was ihr erreicht habt, ist nur der Gegenstoß auf die offensichtlichste Perversion.

Freiheit und Lebendigkeit mit Steinigung zu beantworten ist eine Folge der Unbewusstheit. Die Antwort auf diese Verwirrung des Geistes scheint auf der Hand zu liegen. Die unbegrenzte Erlaubnis alles tun zu dürfen, was euer Ego verlangt, scheint die einzig richtige Reaktion auf Unterdrückung zu sein.

Jeder Griff nach der süßesten Schokolade wird bei euch nicht bestraft, sondern auch noch mit Werbung gefördert. Worauf ich dein Bewusstsein aufmerksam machen möchte, ist ganz einfach: Beide Wege führen nicht zu einem Leben in Freiheit, Liebe und Würde. Hüte dich davor, dich als überlegen zu empfinden, nur weil du alles darfst und für deine Taten nicht gesteinigt wirst. Hast du dich jemals gefragt, ob deine Seele nicht genauso bluten kann wie die Körper der Gesteinigten?"

„Ich ahne, worauf du hinauswillst", sagte Martin, „aber lass mich bitte darauf hinweisen, dass wir in unserer Kultur wenigstens wählen können – die anderen Kulturen, auf die du mich aufmerksam machst, kennen diese Möglichkeit für ihre Menschen nicht."

„Ich danke dir für diesen Gedanken", sagte die Stimme. Sie klang ruhig und geduldig als sie weitersprach: „Genau dieser Gedanke ist es, der dir und Maria und all den Anderen in unserer Welt die Aufgabe stellt, sich dieser Verantwortung bewusst zu werden. Genau dieser eine Gedanke ist das, was wir

Fortschritt nennen könnten."

„Ich höre dir sehr genau zu", sagte Martin und beugte sich aufmerksam vor, „und daher muss ich dich fragen, warum du das Worte „könnten" verwendest. Das heißt doch, dass du der Meinung bist, wir wählen nicht mit Bewusstsein jeden unserer Schritte."

Zum ersten Mal klang ein feines Lachen in der Stimme als sie Martin antwortete: „Hast du wirklich das Gefühl, dass ihr das tut?! Siehst du in eurer Welt die Ergebnisse von bewusstem und verantwortungsvollem Handeln? Siehst du Taten und Gedanken, die in vollem Bewusstsein gesetzt werden, sodass der Mensch dem Menschen liebevoller Freund ist?!

Verstehe mich bitte nicht falsch. Ich weiß, dass es Einzelne gibt, die begonnen haben diesen Weg gehen zu wollen. Du und Maria – ihr seid zwei von ihnen. Und ja, es gibt noch einige andere von euch, die begonnen haben, die Wege der Bewusstheit zu gehen. Aber die Mehrzahl aller Menschen lebt auf beiden Seiten dieser Erde in den Echos der Vergangenheit. Diese Echos zeigen sich zum einen in offener Gewalt, zum anderen in der subtileren Verbindung bunter, nackter Ablenkung. Hinter beiden Wegen aber steht ein Wort, das beide Kulturen verbindet."

„Und dieses Wort heißt?!"

„Es heißt Unbewusstheit."

Die Stimme schwieg einen Moment, dann fuhr sie fort. „Da

die Krankheit des Geistes sich in anderen Kulturen so offen-
kundig zeigt und die Menschen dort zu offener Unterdrükkung greifen, um ihre Macht zu zeigen und du hier Teil einer Kultur bist, die mit ihren bunten Farben sehr schnell als
„freier" bezeichnet werden kann, lass uns zuerst auf den Irrtum blicken, in dem auch du, Maria und du, Martin aufgewachsen seid. Habt ihr dazu Lust?!"

Martin entspannte sich wieder und rückte sein Kissen zu-
recht.

„Bitte rede weiter", sagte er dann und lehnte sich nahe an
mich auf sein Kissen.

„Ich danke euch für eure Geduld. Shakespeare hat gesagt sie
sei die „heiligste aller Leidenschaften".

Martin lachte: „Da gebe ich ihm recht."

„Das freut mich", sagte die Stimme und wurde wieder ernst.
„Nichts fordert unsere Geduld mehr als die Beschäftigung
mit einer Frage, deren Antwort wir schon zu kennen glauben.
Und so sehr wie du glaubst, dass du als freier Mensch in einer freien Kultur lebst, so sehr braucht es deine Geduld, um
herauszufinden, warum das nicht so ist."

„Bitte teile deine Ansichten mit uns", sagte ich und sah zu
Martin. Er saß wieder mit ruhiger Aufmerksamkeit neben mir
und hörte der Stimme zu als sie weitersprach:

„Macht euch bitte bewusst, dass es keinen Gedanken gibt,

den ihr denken könnt, für den euch nicht ein anderer Mensch die Worte beigebracht hat.

Jede Kultur hat einen Grundgedanken, der sich durch die Jahrhunderte und Jahrtausende zieht. Die Worte und die Bilder können sich der Mode entsprechend abwechseln. Die Tonart, in der eine Symphonie geschrieben ist, bleibt vom ersten Takt bis zum letzten Echo dieselbe. Selbst das, was wir als eine Erinnerung empfinden, ist sehr oft nur eine Variation. Die Variation kann aber auch nur dadurch zum Leben erweckt werden, dass sie sich am Hauptthema orientiert. Die Variation bestätigt oder bekämpft das Hauptthema. Sie lässt es schwerer oder leichter wirken. Sie umspielt es, färbt es, zitiert es, aber das Hauptthema bleibt die ganze Zeit über an der Macht.

Eure „Freiheit", die du glaubst zu leben, Martin, ist nur eine Variation des großen Themas. Die „Unterdrückung" in den Kulturen, die ihr als Feinde seht, ist ebenfalls nur eine Girlande dieses einen Gedankens. Dass das, was ich dir hier sage, die Wahrheit ist, erkennst du daran, dass eure „Feinde" euch als „Feinde" wahrnehmen. Keiner von euch hat die Wahrheit der Liebe und der Freiheit gepachtet. Eure „Feindschaft" verbindet euch näher und inniger als ihr wahrhaben wollt. „Feindschaft" ist euer Klebstoff, der euch aneinander kettet und keinem von euch erlaubt, tatsächlich frei zu sein. Das subtile Rätsel eurer Kultur besteht darin, dass ihr glaubt, die „Rückständigkeit" eurer „Feinde" überwunden zu haben.

Ihr erkennt, dass auch ihr noch vor ein paar hundert Jahren freie Frauen verbrannt habt. Auch ihr habt als Ergebnis eures

Glaubens an Gott, Leid und Unterdrückung gepredigt. Heute erlaubt ihr den Frauen nackt an Stangen zu tanzen, ohne sie dafür auszupeitschen. Diese Freiheit ist euer Zeichen von euch an euch selbst, dass ihr die überlegene Kultur seid. Die Kultur der Grenzenlosigkeit. Die Kultur der Demokratie, die allen alles erlaubt. Wagt es für einen kurzen Augenblick, daran zu denken, dass auch dieses Gefühl der Überlegenheit falsch ist…"

Die Stimme schwieg. Ich sah Martin an. Ich fühlte, dass er diesem Vorschlag folgte und sich diesem Gedanken hingab. Er atmete tief und ruhig und blickte auf den sich langsam drehenden Ring.

Nach einer langen Weile, in der es völlig still war, begann die Stimme weiter zu sprechen: „Ich danke euch, dass ihr meinen Vorschlag angenommen habt. Euer Schweigen zeigt mir, dass es in euch die Bereitschaft gibt zu wachsen und zu lernen. Euer Wachsen aber kann nur in dem Raum geschehen, den eure Gedanken noch nie betreten haben. Wollt ihr mir erzählen, was ihr in diesem Schweigen erlebt habt…?"

Martin sah mich an und ich begann zu sprechen: „Der Gedanke, dass unsere Kultur der „Freiheit" nicht die Lösung aller Rätsel ist, hat mich sehr hilflos gemacht. Ich habe bewusst alle Bilder hinter mir gelassen, die mich und die Menschen meiner Kultur überlegen wirken lassen: Alle bunten Lichter, alle lauten Töne, alle Waffen, alle Stärke habe ich beiseite geschoben und gewartet, welches Gefühl dann in mir entsteht."

„Ich höre." Die Stimme klang warm und freundlich und gab

mir das Gefühl verstanden zu werden. Ich hatte Vertrauen, ihr meine Wahrheit zu sagen und so sprach ich weiter: „Ich hatte das Gefühl, ein kleines, nacktes Kind zu sein, das allein auf einem großen weiten Feld steht. Niemand war da, um auf mich aufzupassen. Niemand hat seinen Arm um mich gelegt. Niemand hat ein stilles Lied für mich gesungen, um mich zu trösten: Ich war einsam und allein."

„Sprich weiter bitte."

Die Stimme fing mich auf und gab mir den Mut, weiter von meiner erlebten Wahrheit zu erzählen: „Dieses Gefühl der Einsamkeit begann aber nach einer Weile schwächer zu werden. Mit jedem Atemzug hatte ich das Gefühl, dass die Einsamkeit nur das Ergebnis davon war, dsass sich meine bekannten Bilder und Gedanken von mir entfernten. Sie wurden durchsichtiger und schwächer und stiller, bis sie völlig ihre Macht über mich verloren hatten."

„Und dann…?"

„Dann war ich nur mehr ruhig. Es war ruhig und still in mir und ich hatte das Gefühl, dass etwas in mir lauschte und wartete."

„Worauf hat es in dir gewartet?"

„Auf die Wahrheit meines Lebens."

„Hattest du ein Gefühl, wie diese Wahrheit aussieht?"

„Sie sieht anders aus als alles, was ich kenne. Ja, anders als alles, was ich kenne."

Ich schwieg und Martin nahm meine Hand. Wir saßen nebeneinander und sahen auf den Ring. Nach einem Moment der Ruhe, begann die Stimme wieder zu uns zu sprechen: „Das, was du in dir erlebt hast, Maria, ist ein großes Geschenk deines Geistes. Dein Geist, den du in dir trägst, hat dir gezeigt, wie du erschaffen bist bevor dich die Gedanken der Menschen zu verblenden beginnen. Du hast deine Klarheit erlebt, du hast deine Nacktheit erfühlt. Du hast gewusst, dass es dich gibt. Dich – Maria. Dich. Du hast gesagt, dass das Gefühl deiner Wahrheit völlig anders ist als alles, was du kennst."

„Ja."

„Das ist das Geschenk, das ich meine. Du trägst in dir den Impuls der Wahrheit deiner Seele. Und für diesen ersten Impuls kann es keine Worte geben. Für diesen Beginn deines Daseins, der in dir darauf wartet, du selbst zu werden, darf es keine bekannten Bilder geben. Keine Töne. Keine Farben. Keine Absichten. Keine Meinungen. Keine Bemerkungen. Keine Urteile. Kein Gut und kein Böse.

Das, was du in dieser stillen Meditation erfahren hast, war eine Reise zu deinem Anfang. Dieser Anfang ist immer noch in dir lebendig. Er ist übermalt worden und mit Schriftzeichen eurer Kultur beklebt worden. Tief in dir aber, lebt die Seele der Maria, die schon am Leben war, bevor du geboren wurdest. Freu dich Maria, dass es dir geschenkt worden ist, dir selbst zu begegnen. Dass dir das so schnell gelungen ist, hat einen einfachen Grund: Du bist bereits durch viele Tore der Suche gegangen. Auf deinem Weg der Suche hat dich deine Seelenführerin Kajowa Schritt für Schritt begleitet und dir mit dem Durchschreiten jedes Tores geholfen, zu dir selbst zu finden.

Dieses innerste Selbst ist es, dem du heute begegnet bist. Beginnst du zu ahnen, was für ein neues Leben auf dich wartet, wenn du deine Gedanken auf diese Reise schickst? - Bewusstheit."

Ich saß neben Martin und hörte der Stimme zu. Ich fühlte mich sicher und ruhig. Im selben Augenblick aber, hatte ich ein unbekanntes Gefühl der Lebendigkeit in mir. Es war als würde ein strömender Bach aus heller, leichter Energie durch mich hindurchfließen und mich wach machen. Wach! Das war das Wort, das mir immer wieder vor meinem inneren Auge auftauchte. Wach! Dieses Wort schien von einer inneren Stimme leise gesprochen zu werden. Wach! Wach! Wach!!!

Ich sah zu Martin. Er lächelte mich an und ich sah in seinen Augen, dass er auf derselben inneren Reise unterwegs war wie ich. Schon oft hatte ich mit ihm das Gefühl gehabt, dass wir im selben Augenblick dasselbe gedacht oder empfunden hatten. Ein Akkord war aus unseren einzelnen Tönen geworden, mit denen wir durch unser Leben gegangen waren, bevor wir einander begegnen durften.

Jetzt war dieses Gefühl so stark wie noch nie zuvor und nach einem Moment der Stille sagte er: „Wenn Maria die

Gedanken in Worte fasst, die genau dieselben Bilder beschreiben, die auch ich in mir fühle, dann lasse ich euch gerne
weiterreden und freue mich, dass ich mit meinem Schweigen
zustimmen darf."

„Das ist eine weise Haltung", sagte die Stimme und wieder
war in ihren Worten ein Lächeln zu spüren. „Darf ich weiter
zu euch sprechen?"

„Wir bitten dich darum", sagte Martin und lehnte sich entspannt in seine Kissen.

„Danke. Ihr habt in dieser Meditation der Stille und der
Rückkehr an euren Anfang das Wesen kennen gelernt, das
ihr in Wahrheit seid.

In Wahrheit seid ihr „Nichts."

Ich sah Martin kurz an und auch er blickte erstaunt zu mir.
Ich hatte begriffen, dass die Stimme von Zeit zu Zeit eine
Formulierung wählte, die uns in der Ruhe unseres zurückge-
lehnten Zuhörens aufmerksam machen sollte. So war es ihr
auch diesmal gelungen. Wie war das zu verstehen, dass wir
„Nichts" sein sollten?

Ich sah, dass dieselbe Frage in Martins Gedanken auf eine
Antwort wartete und in diesem Augenblick sprach die
Stimme weiter: „Jetzt seid ihr ein wenig überrascht, nicht
wahr? Wie war denn das nun wieder gemeint? Ihr seid doch
Martin und Maria. Jeder von euch ist doch wer. Ihr seid er-
wachsene Menschen mit Bildung, Nachdenklichkeit und

feinem Gespür für Kunst und moralisch hochstehende Werte.

Ihr habt lange Jahre damit zugebracht euch mit den Philosophien und Religionen eures Planeten auseinanderzusetzen und ihr seid zu dem Schluss gekommen, dass es spirituell wertvoll ist, oft und regelmäßig Gemüse zu essen und Yoga zu betreiben. Ihr habt euren Weg gefunden und wollt ihn weitergehen, um noch mehr „zu euch zu kommen".

Ja, das seid ihr. Wache, kritische, wohlwollende, aber alles überprüfende Individuen eurer heutigen Zeit. Und jetzt sitzt ihr da vor einem sprechenden Ring, der sich langsam dreht und sollt euch anhören, dass ihr „Nichts" seid?! In eurem tiefsten Inneren?! Nichts?! Ist das jetzt eine Stufe zur Erleuchtung oder schlicht und einfach eine Frechheit so mit euch zu reden, wo ihr euch doch wirklich alle Mühe gebt. Auf dem Weg ins Paradies und darüber hinaus, wenn möglich..."

Nun lachte die Stimme wieder ihr freundliches, ruhiges Lachen. Es klang wie eine feine Zärtlichkeit genau in dem Moment, als die Zweifel in uns hochgestiegen waren. Die Zweifel an dem Sinn dieses Gespräches. Diese Zweifel hatte die Stimme auf den Punkt gebracht und ihre Provokation im selben Moment mit ihrem Lachen entspannt.

Ich war mit neuer Aufmerksamkeit erfüllt und sagte: „Wir sind sehr neugierig, wohin du unser „Nichts" bringen willst oder hast auch du „nichts" mehr, das du uns sagen willst?"

Wieder lachte die Stimme mit herzlicher Gelassenheit und sagte dann: „Dieser Humor ist es Maria, der euch davor bewahren wird, euch in Ernsthaftigkeit zu verstricken!

Ich danke dir dafür, dass du den Ball dieses Spieles, den ich euch zugeworfen habe aufgefangen und zurückgeworfen hast.

Eines eurer Bilder, die die Welt euch übergestülpt hat besteht darin, zu glauben, dass der Weg der Weisheit ein Weg ist, der mit Ernst und ohne Leichtigkeit gegangen werden muss. Das Lachen hat in euren Tempeln nichts verloren und allein dieses eine Bild soll euch zeigen, wie falsch dieser Weg auf diese tödliche, ernste Weise beschritten werden kann. Denn eines möchte ich euch in Erinnerung rufen: „Das Lachen ist der Ernst der Götter" – vergesst das niemals, wenn ihr in die Wahl kommt zwischen grimmigem Ernst und dem Lächeln einer fliegenden Tinkerbell.

Lasst mich aber nun bitte wieder zum Ausgangspunkt unserer Heiterkeit zurückkehren. Zu dem, was wir euer heiliges „Nichts" nennen wollen. Im Gegensatz dazu, stehen all die Werkzeuge, die eure Bildung in euch anhäuft.

Warum braucht ihr eigentlich eure „Bildung"? Was bildet sie in euch ab? Sie ist ein Abbild der Gedanken der Menschen, die lange vor euch geboren wurden und die ihre Erfahrungen gemacht habendie auf ihre Rätsel des Lebens gestoßen sind und die begonnen haben nach Lösungen zu suchen. Ihre Rätsel waren sehr einfacher Natur: Wie schaffe ich genug Essen herbei für mich und meine Herde? Wie schütze ich mich gegen die nicht beherrschbaren Mächte von Regen und Sonne? Wie verteidige ich mich gegen die Feinde, die mir mein

Essen, mein Land und meinen Besitz nehmen wollen? Wie schaffe ich es, dass in meiner Gruppe nicht Mord und Totschlag herrscht? Wie bändige ich die Lust, die alle Menschen in meiner Nähe dazu treiben will ohne Grenzen und Zurückhaltung Sex zu erleben,wann und wo auch immer? Kurz gesagt: Die Gedanken eurer Vorfahren sind nur um eine einzige Frage gewandert: Wie schaffe ich Ordnung? Wie zähme ich die Urgewalt des Lebens so, dass kein Chaos die nächste Ernte gefährdet,kein Orkan in unsere Gemeinschaft braust und Freiheit, Lust und Sex den nächsten Krieg in Frage stellen können? Wie schaffe ich es aus dem „Nichts", mit dem jeder Mensch geboren wird, ein „Etwas" zu schaffen? Wie erbaue ich eine Kultur? Die Kultur, die als oberstes Ziel ein einziges Wort kennt: „Sicherheit"?

Dazu muss ich einen sehr einfachen Handgriff anwenden. Ich muss das Denken und in der Folge das Fühlen der Menschen mit zwei Wörtern durchtränken. Das eine Wort ist: „Leid" – das andere Wort ist „Angst".

Wenn es mir irgendwie gelingt in den Menschen Angst vor Leid zu pflanzen, werden sie mir folgen wie die Lemminge zu einem Abgrund, wenn ich ihnen nur verspreche, dass es auf diesem Weg die Befreiung von ihrem Leiden geben wird.

Die nächste Stufe der Abhängigkeit ist sogar noch einen weiteren Gedanken raffinierter: Wenn es mir gelingt den Menschen das Leid als notwendige Prüfung Gottes zu verkaufen, dann habe ich den endlosen Kreis der Perversionen wasserdicht geschlossen.

Das ist es, was mit euch geschehen ist. Mit dir, Maria, mit dir, Martin und mit Abermillionen von Menschen vor euch. Diejenigen, die die Macht hatten, euch zu „bilden und euch zu formen", haben in die Unschuld eurer reinen Seelen den Glauben gepflanzt, dass dieses Leben auf dieser Welt von Leid geprägt sein muss. Dieses Leid ist die Strafe für eure Schuld. Eure Schuld besteht angeblich darin, das Böse in euch zu tragen. Dieses Böse erschafft das Leid auf dieser Erde und ihr seid Teil dieses Bösen und des Leides und der Schuld und das alles „in Ewigkeit... Amen"!

Seht ihr wohin ich euer Denken einladen möchte? Glaubt einen einzigen Moment lang daran, dass ihr keine Schuld habt. Wisst es tief in eurem Herzen, tief in eurer Seele, dass ihr nichts Böses in euch tragt. Erleichtert euch jetzt und hier zum ersten Mal in eurem Leben von der Vorstellung, dass ihr sündige Menschen seid. Hört mir zu, wenn ich euch sage, dass ihr freie, reine Seelen seid, auf dem Weg ins Licht und zur Liebe. Ohne auf diesem Weg büßen zu müssen. Ohne euch klein und unwert zu fühlen. Gebt euch selbst die Freiheit zu sagen: „Ich bin frei", fühlt die entspannende Leichtigkeit in jeder eurer Zellen, wenn ihr über diese Wahrheit meditiert. „Ich bin frei. Im tiefsten Herzen meiner Seele... frei!"

Nach einer Weile der Stille sprach die Stimme weiter: „Gehen wir noch einmal gemeinsam zu dem kleinen Mädchen und dem kleinen Jungen, von denen ihr mir erzählt habt. Sie fühlen sich in eurer Fantasie so, wie sie sich „noch nie gefühlt haben". Sie fühlen sich so, weil sie frei sind von Verblendung, von Verspannung und von Verschulden.

Und jetzt erlauben wir uns doch einmal zu betrachten, was mit diesen freien Kindern geschieht... Diese zarten Wesen sind die Sinnbilder eurer Seele. Sie fielen mit reiner Offenheit in die Heimat eurer Körper. Eure Haut, euer Atem, euer Herzschlag sind von dem Moment eurer Geburt an die Heimat eurer Seele. Kaum ist sie geboren, wird sie von der Gemeinschaft in die sie hineingeboren wurde „gestaltet".

Eure Stimme, eure Sinne und letztlich eure Gedanken werden darauf programmiert, die Welt so zu sehen, wie eure Programmierer sie sehen. So unglaublich es klingt, diese Programmierung funktioniert. Sie funktioniert so gut, dass es den Programmierern sogar gelingt jungen Menschen das Gefühl einzuimpfen, dass das andere Geschlecht des Teufels sei. Ich bitte euch bei diesen Worten nicht zu lachen, so lächerlich der Gedanke auch klingen mag, wenn man ihn zum ersten Mal hört. Für diejenigen, die daran glauben, dass Frauen geschaffen sind, um Männer vom Pfad der Tugend abzulenken, für diejenigen ist ein schwarzes Tuch die einzige realistische Lösung um der „Versuchung" zu widerstehen. Von diesem Tuch ist es nur ein kurzer, logischer Schritt zum „Ehrenmord" und in den hohen Bergen zur Steinigung. Vergesst nicht, in denjenigen, die den ersten Stein werfen, haben sich bei ihrer Geburt genauso reine und zarte Seelen eingefunden wie in euch. Nur die „Bildung", die „Lehre" von Gut und Böse, nur der Gedanke an Schuld und Leid hat sie dazu gebracht, sich zu bücken und die Steine der lebensfeindlichen Glaubenssätze gegen die Ungläubigen zu schleudern.

Und trotz all dieses offensichtlichen Irrsinns fordere ich euch wieder und wieder auf: Glaubt nicht, dass ihr das Recht habt,

euch besser, freier und weiser zu fühlen. Eure grelle Nacktheit ist wie ein unsichtbares schwarzes Tuch. Sie zeigt sich
als die ultimative Befreiung von Unterdrückung, aber wenn
ihr still werdet und euch Zeit nehmt hinzuschauen und hinzu-
hören, dann werdet ihr erfahren, dass ihr durch diese Nacktheit eurer Zivilisation genauso wenig zu der Seele eures
Nächsten gelangen könnt, wie es euren Brüdern nicht gelingt,
durch die schwarzen Tücher zu den Herzen ihrer Frauen hin-
durch zu dringen."

Dir Stimme schwieg.

Ich ließ ihre Sätze in mir nachklingen und sah zu Martin.
„Willst du darauf antworten?", fragte er mich und nachdem
ich eine Weile nachgedacht hatte, sagte ich:

„Ich verstehe deinen Gedanken, aber ich muss ich doch fragen, wie du dir dann vorstellst, dass unsere Kinder in dieser
Welt aufwachsen sollen? Du hast Recht, dass die Kindheit
der Moment ist, in dem wir für den Rest unseres Lebens gezeichnet werden. Darum bemächtigt sich jeder Diktator und
jedes autoritäre System der Kinder um sie zu Untertanen zu
formen. Andererseits, stelle ich die Frage, wie wir unsere
Kinder erwachsen lassen sollen? Jede Gemeinschaft braucht
doch Regeln um das Miteinander der Menschen zu ermöglichen. Wenn wir diese Zivilisation nicht haben, dann trium-
phiert doch letzten Endes immer nur derjenige, der die Macht
aufgrund seines Egoismus an sich reißt. Am Ende leben wir
dann wieder in der Zeit des Faustrechtes."

Ich hatte das Gefühl, dass der Mensch, der zu uns in dieser

Kammer sprach und den wir nicht zu Gesicht bekamen, lange und ruhig durchatmete, bevor er weitersprach: „Ich danke dir für deine Frage. Sie zeigt mir die berechtigte Sorge um das Miteinander der Menschen. Und ich möchte dir Folgendes sagen. Was du in diesen ersten Minuten unseres Gespräches von mir hörst ist tatsächlich erst einmal nur Kritik.

Ich glaube du verstehst mich besser, wenn ich dir ein Bild erzähle: Stell dir vor, dass du beschlossen hast auf einen alten Bauernhof auf dem Land zu ziehen. Du hast ihn von deinen Großeltern geerbt und möchtest tatsächlich dort leben und deine eigenen Feldfrüchte ernten. An dem Tag, an dem du dort ankommst, musst du jedoch erkennen, dass alle Felder seit Jahren nicht gepflegt wurden. In dichten Verwicklungen sind sie von Unkraut bedeckt, das dem Boden jede Luft und allen Sonnenschein abwürgt. Ich denke, du wirst mir Recht geben, wenn ich dir sage, dass du als allererstes damit anfangen wirst, das Unkraut auszureißen?!"

„Ich gebe dir Recht."

„Ich danke dir. Dann, wenn deine Felder wieder rein und sauber sind, können wir mit der Planung beginnen, was wir anpflanzen wollen. Auch ich möchte schon jetzt einen Gedanken in eines unserer Felder pflanzen, obwohl noch nicht alle vom Unkraut der letzten Jahrtausende befreit sind. Ist dir das Recht?"

Ich musste lachen und sagte: „Ja, es ist mir Recht."

„Gut, wir wollen bei unseren Ausflügen der Gedanken doch

eines nicht vergessen: Unsere Reise, die der Beantwortung eurer Frage dienen soll, hatte als Ausgangspunkt das Wort „Sex"- erinnerst du dich?"

„Ich erinnere mich."

„Wenn wir nun zu der Erkenntnis gekommen sind, dass die Verbote, die die Menschen diesem Thema angetan haben, die Quelle großen Leides sind, dann sollten wir uns aber auch fragen, wie es denn ohne diese Zurechtweisungen zu einem friedlichen Zusammenleben kommen könnte."

„Ich gebe dir völlig Recht."

„Dann lass uns doch einmal nachfragen, was das größte Problem bei einer frei entfalteten Sexualität ist. Die Antwort liegt auch hier in der Frage. Es ist die Freiheit.

Solange wir glauben, dass wir die Sexualität eines anderen Menschen einsperren können, um sie zu „besitzen", solange wird es auf dieser Erde keinen Frieden geben. Fast jede Kultur, in die du blickst kennt das Verbot der freien Sexualität. An irgendeinem Punkt der Geschichte hat noch jede Kultur ihr großes schwarzes Tuch ausgepackt und versucht die Freiheit der Sexualität einzusperren.

Um es auf den Punkt zu bringen: Es waren die Männer, die den Tschador erfunden haben, die Beschneidung der Frauen erfunden haben und die Töchter nur mit ihren großen Brüdern aus dem Haus gelassen haben. Die Frage lautet: Was würde geschehen, wenn es diese Verbote nicht geben würde?

Wie könnte unsere Natur aufblühen, wenn unsere Sinnlichkeit und unsere Lust nicht beschnitten würden?

Es mag dich überraschen, aber es gibt einige wenige, kleine Gemeinschaften auf dieser Erde, die auf diese Fragen eine Antwort haben. Das Glück ihrer Mitglieder ist ihnen offenbar wichtiger als die Weltherrschaft und darum wissen wir auch so wenig von ihrer Existenz. Aber es wird dich freuen zu hören, dass es einige kleine Völker gibt, in denen es den jungen heranwachsenden Menschen erlaubt ist, den Beginn ihres sexuellen Lebens in völliger Freiheit zu verbringen. Es ist nicht nur erlaubt, es wird sogar gefördert, dass die Jungen alles erleben, was ihr junger, gesunder Körper sich von ihnen wünscht. Ich sage nicht, dass diese Menschen den endgültigen Schlüssel zur Erlösung gefunden haben. Ich sage nur, dass sie eine der tiefsten Wahrheiten unseres Daseins in diesem menschlichen Körper verstanden haben:

Er lebt!

Dieses lebendige Tier unseres Körpers lebt und gehorcht seinen eigenen Gesetzen. Diese Gesetze fordern von ihm Bewegung, Elastizität und die Bereitschaft, in jedem Augenblick wach und voller Energie zu sein.

Wenn wir damit beginnen, ein Tier aus der Wildnis unseres Planeten in Ketten zu legen und hinter Gitter zu sperren, können wir dabei zusehen, wie seine göttliche Lebendigkeit verkümmert.

Nach kurzer Zeit wird die Energie des wilden Tieres schlaff, matt und grau. Mit toten Augen fressen sie die Almosen, die wir ihnen zuwerfen. Keine Bewegung, keine Jagd war nötig, um die Beute zu erobern. Träge und faul dösen sie in ihrer Ohnmacht und gleichen aussortierten Rentnern, die im gemäßigten Klima auf ihren Abgang warten.

So wie wilde Tiere in ihrem Körper ein Programm tragen, dass Stufe für Stufe erlebt werden will, so ist auch in der Natur unserer Körper das Programm der Natur eingepflanzt.

Ich betone die Worte „Stufe für Stufe" noch einmal.

Ich tue dies, damit ihr erkennt, wie weise diese Naturvölker handeln. Es ist ihnen bewusst, dass unser Leben aus vier Stufen besteht.

Diese Stufen heissen: Kindheit, Jugend, Erwachsen und Alter.

Keine dieser Stufen kann das ganze Leben beherrschen. Jede von ihnen blüht zu ihrer Zeit. Wir können sie nicht mutwillig verlängern und wir können sie nicht ungestraft verleugnen.

Ich betone dieses Verleugnen deshalb so sehr, weil die sogenannten großen Kulturen auf unserer Erde genau dies als Zentrum ihres Handelns etabliert haben.

Sie leugnen die wichtigste Stufe im Leben jedes Menschen.

Sie leugnen seine gottgewollte, freie, ungebändigte Sexualität

Sie tun dies um die Menschen ihrer Gesellschaft zu kranken, verbildeten Wesen zu deformieren. Diese Deformation dient einem einzigen Zweck. Der gestörte Mensch kann leicht manipuliert werden, er kann leicht beherrscht werden. Wenn es gelingt seine Natürlichkeit zu zerbrechen, würde er ein Leben lang das Gefühl von Schuld und Minderwertigkeit mit sich tragen. Diesen armen Kreaturen kann dann mit Leichtigkeit vorgegaukelt werden, dass ihre Erlösung von den Mächtigen ihrer Gemeinschaft kommen wird.

Sinnlose Arbeit, seelenlose Unterhaltung, ferngesteuerte Kriege, all das und noch viel mehr an wohldosierter Dummheit kann man den hilflos suchenden Menschen vorsetzen. Sie werden sich verzweifelt darauf stürzen, nur um in diesen Ablenkungen die verlorene Natur ihrer Seele wieder zu finden. Die Natur aber ist ihnen so radikal ausgetrieben worden, dass ihre Suche so endlos sein wird und so verzweifelt, wie ein Schiffbrüchiger auf hoher See, der damit begonnen hat in seiner Verzweiflung Salzwasser zu trinken, um seinen Durst zu löschen. Diesen Durst seines gesunden Körpers kann aber nur reines Wasser heilen. Wenn er beginnt Salzwasser zu trinken, nimmt er mit jedem Schluck das Gift in sich auf, das ihn eines Tages umbringen wird.

So wie diese verzweifelten Schiffbrüchigen glauben das vergiftete Salzwasser könnte sie retten, so sehr glauben die Menschen, dass die blendenden Farben und lauten Töne und grellen Parolen unserer Ablenkungskultur den Durst ihrer Seele befriedigen können.

Das Gegenteil ist der Fall. Sie brauchen immer mehr und

mehr. Sie müssen die Dosis von Lärm und Glitzer immer mehr erhöhen, weil jeder Schluck sie mehr und mehr von innen heraus auszutrocknen beginnt. Niemand macht sie darauf aufmerksam, dass sie ihr Leben damit vergeuden, der Zerstörung ihrer Seele die Tore zu öffnen. Sie öffnen der Verblendung die Tore, weil man ihnen von Beginn ihres Lebens an die Instinkte ihrer Natur verkrüppelt hat. Dieser Instinkt führt uns Menschen wie gesunde Tiere zu der Lebendigkeit, die unsere Natur in Wahrheit braucht. Und mit diesem Wort sind wir wieder bei den Stufen des Daseins angekommen.

Wenn die Kindheit sich dem Ende zuneigt, öffnet sich uns die Tür zu unserer Jugend. Die Wahrheit unserer Jugend wird von den beginnenden Kräften unserer Sexualität bestimmt. Junge Mädchen und junge Männer beginnen sich zueinander hingezogen zu fühlen. Gestern noch, in ihrer Kindheit, war der Körper des anderen ein friedlich duftendes Spielzeug: Warm, weich, klein und verspielt. Mit einem Mal ist der Duft eines attraktiven Tieres entstanden, das andere Tiere anlockt.

Mädchen und Jungen spüren Hitze, Lust und Erregung. Sie erfahren staunend, dass sich ihr Atem vertieft und beschleunigt, wenn sie den Körper des Spielkameraden von gestern in seiner erblühten Attraktivität erkennen. Junge Männer erleben die Kraft ihrer ersten Erektion, junge Mädchen erfühlen das süße Brennen, wenn ihre Vagina zum ersten Mal feucht wird und erfüllt werden will. Der Busen wird voll und rund, die Muskeln der Schultern der Jungen treten hervor, die Augen werden weiter und offener, der Gang wird bei den Mädchen wiegender, bei den Jungen energischer, das natürliche Spiel von anlocken, fliehen, verfolgen, umwerben, umarmen und sich vereinigen hat einen Anfang genommen. In diesen Zeiten der Jugend will unser Körper erfahren, welche Wunder in ihm verborgen sind. Die Sensation einer Umarmung, das Heisswerden im Sich-Vereinen, die Wellen des ersten Orgasmus, der „die Erde zum Beben bringt", all dieser Zauber, der gestern noch in der Kindheit hinter den fernen Bergen des Morgenlandes verborgen war, hat mit einem Schlag die zweite Stufe des menschlichen Lebens erobert.

Wenn Menschen weise handeln wollen, dann erkennen sie den Beginn dieser Zeit und gestatten es, den jungen Menschen ihrer Gemeinschaft diese „Ungezähmtheit" zu erleben, ohne sie zähmen zu wollen. Eine weise Kultur ermöglicht ihrer Jugend diese Zeiten in ihrem Leben in einem geschützten Raum auszuleben. Sie erschafft eine „Schutzzone", in der es den Mädchen und Jungen erlaubt ist, abseits vom Alltag ihrer Gemeinschaft, ihre Sexualität zu erforschen. In dieser Schutzzone müssen sie nicht auf die feine Kraft ihrer Kinder Rücksicht nehmen. Sie müssen aber auch nicht den Gesetzen der Erwachsenen dienen. Diese Gesetze haben sich als Ergebnis der dritten Stufe geformt und dürfen noch keine Bedeutung haben. Diese Stufe der Jugend ist der freien Erfahrung der Energie der freien Sexualität in jedem Einzelnen vorbehalten.

Noch gibt es in dieser Zeit keine andere Kraft als das Verlangen der Körperlichkeit. Noch darf und soll auch der Wechsel und die Vielfalt erfahren werden. Noch ist es eine Selbstverständlichkeit, dass ein Mädchen nach dem ersten Jungen, mit dem es seinen ersten Sex erlebt hat, den zweiten und dritten jungen Mann in ihre Welt der Lust einlädt. Noch soll und

muss sich jeder junge Mann dem Anblick weiblicher Schönheiten hingeben und so viele Verschiedene wie möglich umarmen, umwerben und in sie eindringen. Auf diese Weise erfährt der Körper der jungen Menschen die Befreiung der Lust
und der Sinnlichkeit ohne an ein Morgen zu denken.

Wie ihr wisst, gibt es auf dieser Erde noch einige wenige
Gruppen von Menschen, die diese Art des Lebens feiern. Sie
sind von den Missionaren der Hochkulturen übersehen worden, weil sie in Gebieten leben, deren Eroberung sich nicht
lohnt. Das ist der einzige Grund, warum die Missionare der
Leblosigkeit noch nicht zu ihnen vorgedrungen sind. Es gibt
in den Paradiesen dieser Naturmenschen kein Gold, kein
Öl und keine strategischen Positionen. Das ist der einzige
Grund, warum die Macht der „Unnatur" diese Glücklichen
noch nicht in den Beichtstuhl und unter das schwarze Tuch
gezwungen hat. Darf ich euch nun sagen, was ein Gedanke
aus der Welt unseres kranken Alltages ist... angesichts dieser
Zustände auf der zweiten Stufe?!"

Ich lächelte Martin zu, da ich die Einleitung sehr mochte, die
die Stimme gewählt hatte. „Bitte sag uns einige kranke Gedanken. Ich denke, du willst uns damit erheitern."

„Ich freue mich, dass du mich schon so gut kennst", antwortete die Stimme und sprach weiter.

„Wenn du gewohnt, bist deine Lebendigkeit ein Leben lang
einzusperren und zu unterdrücken, dann bleibt dir nur folgende Bemerkung:

„Das, was da geschildert wird ist nichts anderes als Sodom und Gommorra!

Der Mensch ist kein Tier, das hemmungslos seinen Trieben folgen darf!

Wir sind göttliche Wesen mit einer Seele und die Befriedigung der Fleischeslust ist reiner Egoismus, der zu Chaos und Anarchie führt!"

„Kennt ihr diese Worte aus eurer Geschichte...?"

Ich lachte und sagte: „Ja, wir kennen sie."

Die Stimme sprach weiter :

„Ich weiss, warum du lachst. Du denkst, dass du eine aufgeklärte Frau in einer aufgeklärten Welt bist. Du bist ein Kind der sexuellen Revolution und diese Art der patriarchalischen Unterdrückung mag noch in den Ländern der Burka gelten, aber nicht mehr für dich! Habe ich Recht?"

„Du hast Recht."

„Könntest du dich mit dem Gedanken anfreunden, dass auch du noch nicht den entscheidenden Schritt in die Wahrheit der endgültigen Freiheit getan hast?"

Ich nahm mir eine Weile Zeit, da ich nicht von dem Tempo unseres Gespräches zu übereilten Äußerungen hingerissen werden wollte. Ich dachte einen Augenblick lang nach und sagte dann:

„Ich übe es, mich vom Leben immer wieder überraschen zu lassen. In jedem Augenblick. Also auch von dieser Kammer hier. Von dem Bild des goldenen Ringes. Von deiner Stimme. Ich erkenne, dass du eine Absicht in deinem Gespräch mit uns verfolgst. Ich gebe dir die Zeit und meine Aufmerksamkeit und folge dem Weg, den du uns zeigst. Auf diesem Weg gelange ich von Zeit zu Zeit zu einer Frage, die ich nicht vorschnell mit „Ja" oder „Nein" beantworten möchte. Daher sage ich jetzt auf deine Frage: Es könnte sein, dass ich noch Erfahrungen machen werde, die zur Zeit außerhalb meiner Fantasie liegen. Da ich aber in deiner Art mit uns zu reden Wärme spüre, Vorsicht spüre und das Bedürfnis spüre, uns liebevoll auf das Unerwartete hinzuführen, möchte ich dir sagen: Ja, ich bin bereit mir vorzustellen, dass es eine Wahrheit für uns gibt, die ich noch nicht einmal erahne…"

Nach meinen Worten blieb es eine Weile still. Dann sagte die Stimme: „Gilt das, was Maria gesagt hat auch für dich, Martin?"

Martin lächelte ein wenig und antwortete: „Maria und ich sind mit unserer Frage gemeinsam in diesen Raum gekommen. Wir teilen dieselbe Liebe, dieselbe Hoffnung, dieselbe Bereitschaft zu lernen. Wenn ich schweige, dann nur deshalb, weil sie wieder einmal auch für mich gesprochen hat."

Ich beugte mich zu Martin und gab ihm einen Kuss.

In diesem Moment sagte die Stimme: „Ihr müsst wissen, dass

es für mich eine große Freude ist, euch auf dem Weg eurer Liebe helfen zu dürfen. Ich hoffe sehr, dass ihr auf diesem Weg, den wir hier begonnen haben gemeinsam zu gehen der Wahrheit begegnen werdet, die euch für den Rest eures Lebens auf dieser Erde begleiten wirdund darüber hinaus."

Ich lehnte mich wieder an die warme Wand der Pyramidenkammer und sagte: „Wenn du die Worte „und darüber hinaus" wählst, heißt das, dass du an ein Weiterleben nach dem Tod glaubst?"

„Ich freue mich zu bemerken, wie aufmerksam du zuhörst, aber bevor wir zu dem Schauspiel des Todes kommen, lass uns noch ein wenig unsere Aufmerksamkeit dem Theater des Lebens widmen. Ist euch das Recht?"

„Das ist es", sagte Martin und lächelte mir zu.

„Also dann, erinnern wir uns, dass ich euch mit dem Gedanken überrascht hatte, dass ihr „Nichts" seid, wisst ihr noch?"

„Ja."

Ich zog meine Knie zur Brust und legte meine Arme darum. Dann wartete ich, wohin uns die Stimme führen wollte.

„Stellt euch bitte vor, wie nackt und frei von jeder Art von Bildung, Erziehung, Prägung, Religion, Philosophie, politische Überzeugung und sogenannten „Werten" eure freie, unbefleckte Seele war, bevor sie in den Körper eingetreten ist. Sie war die reinste Energie. Das reinste Schweben in der

Bereitschaft zu lernen. Dieses Leben, das vor ihr lag hatte noch keine „Abfärbung" auf ihr helles, weißes Strahlen gemalt, aus dem sie bestand. Diesen Zustand nenne ich das „Nichts". Nichts hat eurer Seele Leid angetan, nichts hat sie in die Formen eines konventionellen Denkens eingesperrt. Nichts hat ihr das so genannte „Gut und Böse" nahegebracht. Sie war „nichts" als reine unschuldige Energie.

Nun fühlt bitte in eure Seele, stellt euch vor, wie wunderbar es sein muss, wenn man in dieser Energie ein freies Kind sein darf. Ein Kind, das die liebende Wärme seiner Eltern erfährt. Ein Kind, das nackt und warm an der Brust seiner Mutter Vertrauen lernt. Ein Kind, das die Stimme und das Lachen seines liebenden Vaters als Heimat erkennt. Fühlt diesen Werten nach, spürt die Realität dieser Bilder.

Nun seht bitte hin, wie viel Lebensfreude in einem Kind aufblitzt, weil es aufmerksam beschützt wird.

Stellt euch vor, dass zwischen den Menschen, bei denen euer Kind lebt, Harmonie und Liebe herrschen. Es gibt keine Gewalt, nur Schutz und Zärtlichkeit. Keine kalten, harten Wort, nur Einfühlung und Geduld. Keine Einsamkeit, sondern Eros. Eros ist etwas anderes als Sexualität. Es ist die Farbe der Wärme und der Sympathie zwischen den Menschen, die die Verbindung eurer Seele und Gefühle in eurem Körper leitet.

Stellt euch vor, dass diese Verbindung lebt und gepflegt wird in den ersten Jahren eures Kindes. Das „Nichts", aus dem es geboren wurde hüllt sich mit jedem Tag mehr in die Farben der Gesundheit an Geist, Seele und Körper. Und jetzt stellt euch bitte vor, dass dieses gesunde, heitere, erotische Kind mit der Zeit in die Schwingungen des Sexualität erwächst.

Stellt euch vor, dass dieser Übergang so zart und entschlossen vor sich geht, wie das Aufblühen einer Rose. Nichts stellt sich störend in den Fluss der Energien. Nichts hat die Kraft die Entwicklung der Gesundheit eines erotischen Kindes hin zu einem sexuellen Jungen oder Mädchen zu irritieren. Erinnert euch an die Lebensform der freien Sexualität, die ich euch zuvor beschrieben habe. Jetzt ist dieser Schritt vom Kind zum jungen Menschen harmonisch und in tiefster Gesundheit vollzogen. Das, was in eurer Seele bereit war von einem stillen, offenen „Nichts" zu einem Menschen dieser Erde zu werden, hat erlebt, wie die Gesundheit der natürlichen Abläufe des Lebens zur Reife geführt haben. Diese Kleider der Normalität haben die Kraft einen Menschen zu erschaffen, der gesund, wach, klar in seinem Geist, mit offenem Herzen und liebevoller Seele bereit, ist seine Lebendigkeit mit anderen zu teilen. Ja, so kann es sein. Wir hier in diesem Raum wissen, dass es jetzt an euch ist, etwas zu sagen und wie wir wissen, wird es sehr traurig sein.

Martin, möchtest du sprechen?"

Martin saß auf seinem Platz und sah vor sich hin. Die Stimme schwieg und eine Weile war es völlig still.

Dann sagte Martin mit leiser Stimme: „Ich verstehe, warum du uns dieses Bild gemalt hast und ich habe mich gefragt, ob ich schon früher unterbrechen soll. aber meine Traurigkeit hat mich verstummen lassen. Ich bin bei deinen Worten mit jedem weiteren Bild trauriger geworden, weil ich sehe, dass von dem Paradies, das du mit deinen Sätzen gemalt hast, nichts, aber auch gar nichts auf dieser Erde Realität geworden ist.

Je schöner und zarter du deine Fantasien entwickelt hast, umso klarer wurde die Wahrheit, dass nichts davon in unserer Welt gelebt wird. Unsere Kinder wachsen in lieblosen Verhältnissen auf. Sie werden von Männern und Frauen gezeugt, die oftmals wirklich „nicht wissen, was sie tun". Ich kenne zu viele junge Paare, die Kinder bekommen, weil sie glauben „dass es an der Zeit sei", weil ihre Eltern „endlich Großeltern werden" wollen, weil sie Kondom oder Pille vergessen haben, weil es „Gottes Wille" war und noch aus tausend anderen Gründen, die alle eine Überschrift tragen. Sie lautet „Unbewusstheit".

Wenn ich die Realität versuche zu beschreiben, möchte ich sagen, dass auf ein Kind, das in vollstem Bewusstsein der Liebe und der Verantwortung gezeugt wurde, 10.000 Kinder kommen, die so entstanden sind wie Amöben sich teilen. Als unbewusster Prozess in der Natur, der auch Würmer, Affen und Papageien zwingt sich fortzupflanzen.

Ein Mensch, der sich seiner unsterblichen Seele bewusst ist, ein Mensch, der weiß, dass er mit einer Zeugung einer unsterblichen Seele den Eintritt in das Leben als Mensch ermöglicht, ein Mensch der weiß, dass er mit diesem Erlebnis das Karma dieser Erde gestaltet – so ein Mensch wäre ausersehen, ein Kind auf diese Welt zu bringen.

Die Wahrheit ist eine andere...

Und diese Wahrheit macht mich unendlich traurig. Die Wahrheit ist, dass niemand junge Eltern darauf vorbereitet, wie eine tägliche Verantwortung in der Praxis des Alltages tatsächlich aussieht. Niemand hilft jungen Eltern, den Eintritt eines neuen Menschen in ihre Verbindung mit Liebe und Weisheit zu meistern.

Gestern noch waren sie zu zweit und konnten mit ihrer Zeit und Energie tun und lassen, was sie wollten. Heute weckt sie ihr Baby dreimal in der Nacht aus dem Tiefschlaf und will Nahrung und Zärtlichkeit. Gestern noch konnten sie ohne auf die Uhr zu schauen mit Freunden unterwegs sein, heute zwingt sie der Rhythmus des Babys in ihre kleine Zweizimmerwohnung. Gestern noch waren sie ohne Verantwortung und heute ist jeder Schritt in unserer Welt voller Gefahr. Eine der mächtigsten Kräfte, die diese Frau und diesen Mann zusammengeführt hat, war ihre Sexualität. Ihre ungestörte Sexualität in ihrer Zweisamkeit. Jetzt, seit ihr Baby bei ihnen ist, gibt es diese fraglose Art der Zweisamkeit nicht mehr. Eine Zeit lang gibt es überhaupt keine Sexualität mehr. Die junge Mutter ist in ihrer Körperlichkeit voll und ganz auf ihr Kind eingestellt. In ihr gibt es über einen langen Zeitraum nicht das geringste Bedürfnis nach Sex.

Die meisten Eltern aber sind junge Menschen. Eine junge Frau bekommt als Vater für ihr Kind einen jungen Mann. Und selbst, wenn er etwas älter sein sollte als sie, so ist er immer noch zeugungsfähig und in seinem Körper lebt nach wie vor das Verlangen nach Sex. Auch in diesen Zeiten, in denen seine Frau und die Mutter seines Kindes nicht einmal daran denken will, dass ihr Mann in sie eindringt. In dieser ersten Zeit, die bis zu einem Jahr und länger dauern kann, bringt ein Baby einer kleinen Familie das Rätsel der Enthaltsamkeit. Für die Mutter ist es eine biologische Selbstverständlichkeit, für den Vater eine Frage seiner Selbstbeherrschung und seiner Bereitschaft auf die sexuellen Wünsche seines Körpers nicht einzugehen.

Trotz aller Liebe für seine Frau und sein Kind, ist diese Zeit eine schwere Prüfung. Die Schlaflosigkeit, das Kinderweinen, die Verabschiedung der Sexualität aus der Beziehung, all das sind schwerste Prüfungen für ein junges Paar. Sie sind deswegen tausendmal schwerer als sie es sein müssten, weil niemand den werdenden Eltern die Wahrheit gesagt hat. Niemand hat es auf sich genommen, ihnen die Veränderungen schonend anzukündigen. Niemand hat die Wahrheit gesagt.

Die Wahrheit lautet: Ab dem Moment der Geburt eures Kindes wird euer Leben nie wieder das Leben sein, das ihr gewohnt wart.

Ihr habt nicht einfach nur ein Kind, ihr habt ein neues Leben, das nie wieder auch nur für eine Minute so aussehen wird, wie die Zeit, in der ihr einander in Zweisamkeit gefunden habt.

Wisst es.

Seid euch dessen bewusst.

Hört denjenigen Menschen aufmerksam zu, die vor euch Kinder in die Welt gesetzt haben. Lauft nicht blind in die Falle der Ablenkungs- und Werbeindustrie. Glaubt nicht den Werbefilmen im Fernsehen, in denen immerzu lachende Väter zauberhaften Mädchen und Jungen streichfähige Butter auf das Frühstücksbrötchen schmieren, während die perfekt geschminkte Mutter im attraktiven Sommerkleid und entspanntem Lächeln den Obstsaft aus dem Kühlschrank holt. Diese Lügen unserer Industrie sollen euch verblöden.

Diese Geschichten aus dem heiteren Alltag sind genauso eine Gehirnwäsche wie die frischen Märsche, die gespielt wurden als unsere Urgroßväter in den Krieg gegangen sind.

Die Wahrheit soll übertönt werden. Die Wahrheit darf nicht zu Wort kommen.

Das Krachen der Granaten und das Schreien der Soldaten, die sich die Gedärme nach einem Bauchschuss wieder zurück in den Körper stopfen wollen sind keine Verführung freiwillig ins Feld zu ziehen. Darum feiern wir unsere Soldaten als Helden, noch bevor sie den ersten Schuss abgegeben haben. Darum dröhnt die Pauke in der Kapelle lauter als das vor Angst schlagende Herz. Dort, wo in unserer Welt der Platz wäre die Wahrheit zu sagen, dort wehen die blutigsten Fahnen der Lüge. Krieg ist keine Party für sportliche, junge Männer und Babys zu bekommen ist kein ewig sonniges Idyll im Freizeitland. Die Wahrheit ist das Gegenteil...

Wenn Du jetzt allerdings glaubst, dass meine Rede ein flammender Appell dafür ist, keine Kinder mehr in die Welt zu bringen, dann irrst du dich. Ich wünsche mir nur eine Welt, die mir die Wahrheit zeigt, so wie sie in Wahrheit auf mich zukommen wird.

Ich wünsche mir eine Welt, die die Kultur besitzt mir zuzutrauen, dass ich mit der Wahrheit leben kann, indem sie mir die Möglichkeit gibt, mich auf die Wahrheit einzustellen.

Es geht nicht darum zu leugnen, dass die Liebe zwischen Mann und Frau eine andere Liebe wird. Sie muss eine andere Liebe werden, in dem Augenblick, in dem ein dritter Mensch seinen Teil dieser Liebe für sich beansprucht. Es geht darum, dass reife, erfahrene Menschen ein Liebespaar mit all den Belastungen bekannt macht, die ein Kind mit sich bringt. Wenn diese Prüfungen in vollstem Bewusstsein erkannt worden sind, dann erst sollte man die Frage stellen: Wollt ihr wirklich Kinder haben? Und wenn es junge Paare gibt, die in ihrer frischen Liebe vor dieser Verantwortung zurückschrecken, dann sollte unsere Welt diesen Akt des Bewusstseins feiern. Wenn zwei Menschen aufgrund der Einsicht in die Veränderung, die in ihr Leben treten könnte diese Veränderung ablehnen, dann ist die Wahrheit zu ihrem Recht gekommen. Dann ist nicht eine Pflicht oder eine gedankenlose Routine erfüllt worden. Dann ist vor allem nicht ein Kind geboren worden, das unter der Überlastung und Unfähigkeit seiner unvorbereiteten Eltern leiden muss. Dann wird die Liebe in Zweisamkeit nicht dadurch gestört, dass noch ein Kind mehr auf diesen übervölkerten Planeten gestossen wurde, in eine Situation, in der nicht ausschließlich verstehende Liebe wartet. Und wenn die Einsicht in die Lasten und Pflichten der Elternschaft ein Paar dazu bringt, keine Kinder zu zeugen, dann hat endlich einmal

Bewusstheit und Verantwortung über die blinden Abläufe der Biologie gesiegt."

Martin saß aufrecht da und nahm meine Hand und küsste sie lange und fest. Ich strich ihm sanft über sein Haar. Ich liebte ihn in diesem Moment vom ganzen Herzen. Er war der Mann, den ich mir gewünscht hatte solange ich denken konnte. Ich liebte seine klare, unbedingte Haltung mit der er bereit war, die Liebe zu schützen, wo und wie er nur konnte. An jedem Tag seines Lebens. In jedem Augenblick. Mit jedem Atemzug.

Er sah mich lange an und beugte sich zu mir und küsste mich. Dann war es eine lange Zeit still in der Kammer, in die wir gemeinsam eingetreten waren. Wir waren dorthingegangen, um über die Frage zu reden, wie wir unsere Liebe ein Leben lang lebendig bewahren konnten. Martins Worte hatten nur einmal mehr gezeigt, dass es auf diesem Weg nur mit einem einzigen Wort weitergehen konnte – und dieses Wort hieß: „Wahrheit".

Nach einer langen Stille begann ich wieder zu sprechen: „Ich möchte etwas sagen…"

„Bitte Maria, wir hören dir gerne zu."

Die Stimme klang warm und freundlich, wie der Ton eines alten Freundes.

„Ich möchte zu diesem Thema aus der Sicht der Frau sprechen. Einer Frau, die auf dem Weg ist, die Wahrheit in ihr

Leben zu holen. Darum möchte ich am Anfang sagen, dass ich alles verstehe und genauso sehe wie Martin es eben gedacht hat.

Warum muss ich das betonen? Weil wir in einer Welt leben, in der es eine unbewusste Vorstellung vom Leben zwischen Mann und Frau gibt. Auf einer dumpfen Ebene herrscht die Überzeugung, dass Männer lediglich so viel Sex wie möglich wollen, und Frauen hingegen Liebe und Kinder. Das ist eine sehr dumme, sehr unbewusste Haltung, aber sie existiert. Sie existiert in unserer Welt, die zu großen Teilen so unbewusst ist wie eine Bakterienkultur in einer Petrischale. Dass diese Feststellung richtig ist, beweist der Zustand unseres Planeten. Wir verwüsten die Natur, wir beschleunigen die Überbevölkerung und wir töten einander in grauenhaftem Gemetzel. Wir sind alles andere als eine Art, deren Merkmal Liebe, Hingabe, Güte und Bewusstsein ist. Aus diesem Grund stimmt dieses Klischee auch zu einem gewissen Teil. Es stimmt für den unbewussten Teil in uns Menschen. Männer wollen Sex, weil ihr Körper sie dazu treibt. Der Körper der Frau will ebenfalls Sex. Die offene, verborgene Absicht der Biologie will nur eines: Dass aus dieser Absicht der Körper Kinder entstehen. Die Tatsache, dassa wir Frauen als Ergebnis das Kind an unserer Brust halten und der Mann scheinbar unbeteiligt danebensteht, hat zu diesem Klischee geführt. Das ist der Boden der Wahrheit.

Die wenigsten Männer wollen Sex mit einer Frau, um Kinder in Ihrem Leben zu haben, die schreien und weinen und die Frau lange Zeit vom Sex abhalten. Aber zu irgendeinem Zeitpunkt im Leben fast jeder Frau, kommt der Moment, wo sie tatsächlich nur mehr Sex haben will, um ein Kind zu bekommen. Das ist die Wahrheit. Wäre sie es nicht, dann würden nicht Frauen ihre Männer verlassen, die ihnen zu verstehen geben, dass sie keine Kinder wollen. Oder noch nicht zu dem Zeitpunkt wollen, den die Frau in sich als den richtigen Zeitpunkt fühlt. Ich kenne viele Frauen, die mit ihrem Geliebten beschlossen hatten keine Kinder zu zeugen. Oder erst nach langen Jahren der Zweisamkeit Kinder auf die Welt zu bringen. Sie hatten erkannt, dass ein Kind die Freiheit des Ego beenden würde. Reisen, ausschlafen, Sex, wann und wo auch immer, „Ungestörtheit" in jeder Phase des Lebens war ihnen und ihrem Geliebten wichtiger als ein Baby zu betreuen. Das Wort dafür war schnell gefunden. Es heißt: „Selbstverwirklichung".

Dann aber habe ich bei einigen Frauen beobachten können, dass die Biologie und ihr mächtiges Wollen jede „Selbstverwirklichung" in Kinderlosigkeit verworfen hat. Der Körper und seine Biochemie hat das Denken der Frauen überwältigt. Das Denken in Freiheit war ein Wert von Gestern. Heute war der Wunsch, sofort ein Kind zu bekommen, so stark geworden wie ein Vulkanausbruch. Nichts und niemand konnte dieses „Wollen" in Frage stellen.

Ich kenne Frauen, die den Mann, den sie liebten von einem Tag auf den anderen verlassen haben, weil ihr Kinderwunsch begonnen hatte, stärker zu werden als ihre Lust auf Freizeit. Letzten Endes haben diese Frauen Kinder bekommen von Männern, die sie lediglich als Befruchter in ihr Leben eingelassen haben.

Ich spreche diese Wahrheit nur deshalb so deutlich aus, weil ihr über Amöben, Affen und Papageien geredet habt, die dem blinden Gesetz der Fortpflanzung unterliegen. An einem gewissen Zeitpunkt sind wir Menschen um nichts besser. Vergesst das bitte nicht.

Martin nickte unmerklich und blickte auf den Ring. Langsam und mit unendlichem Gleichmut drehte er sich vor unseren Augen.

Nach einer langen Weile der Stille sprach die Stimme wieder zu uns: „Ich höre euch sehr gerne und sehr aufmerksam zu. Ich habe jetzt bewusst eine Weile geschwiegen, weil ich eure Gedanken kennenlernen wollte. Dann habe ich die Stille wirken lassen, um dem Echo eurer Worte nachzufühlen. Darf ich euch sagen, welche Empfindung sich bei mir eingestellt hat?"

„Wir bitten dich darum", sagte ich und dann sprach die Stimme weiter: „Eure Bemerkungen waren sehr angespannt und der Hintergrund eurer Gedanken war von einer sehr starken Traurigkeit erfüllt, habe ich Recht?"

Martin lachte kurz auf: „Du hast absolut Recht…"

„Danke, dass du meinen Eindruck bestätigst. Ich möchte euch sagen, dass ihr nichts anderes ausgesprochen habt, als einen Teil der Wahrheit des menschlichen Lebens. Es wirkt so, als wären die Menschen am Ende aller Versuche doch nur willenlose Bündel an Trieben und Abhängigkeiten. Es wirkt so, als müsste jeder Versuch, ein Leben in Verantwortung und Bewusstheit zu leben, am Ende scheitern, weil ungezügelte

Begierden das helle Gebäude der Bewusstheit zum Einsturz bringen.

Alles, was ihr vorgebracht habt ist wahr. Und dass diese Wahrheit so stark ist und sogar die Liebe zwischen zwei Menschen stören kann ist wirklich sehr, sehr traurig. Natürlich könnte ich jetzt die Frage stellen, ob es wirklich „Liebe" war, die zwei Menschen zusammengehalten hat, wenn es der Natur gelingt sie über Nacht wieder zu trennen. Die Frage ist, ob nicht ein anderes Wort die Wahrheit besser beleuchtet. Offenbar treffen die Worte „Attraktion", „Lust", „Verspieltheit", „Beziehung" oder „Abenteuer" besser die Wahrheit als das Wort „Liebe". Wenn es dieses Gefühl der Seele ist, dass ich als Liebe bezeichnen möchte, kann es in Wahrheit nicht zu solchen Missverständnissen und Trennungen kommen. Das, was ihr mir erzählt habt, sind Berichte aus dem Feld des Kampfes um die Macht, aber nicht aus dem Bereich der Liebe. Wollt ihr diese Meinung mit mir teilen?"

„Ja", sagte ich, „du hast völlig Recht, verzeih meine vorschnelle Formulierung."

„Gerne. Das, was du gesagt hast, ist ein Ergebnis von Ungenauigkeit. Nichts weiter. Sei nicht allzu betrübt darüber. Die ganze Welt besteht aus Zuständen von größter Ungenauigkeit. Du bist also mit deiner Art die Dinge zu benennen nicht allein. Die Frage lautet nur, ob du Lust hast den Wahrheiten ihren wahren Namen zu geben?"

„Das habe ich".

„Das freut mich zu hören. Ich sage dir auch gerne, warum mich dies so freut. Natürlich kann man sagen, dass es nicht so wichtig ist, wie man einen Zustand auf dieser Ebene des Daseins benennt. Was macht es schon für einen Unterschied, ob man „Lust" oder „Liebe" sagt, „Freundschaft" oder „Bekanntschaft", „Krieg" oder „Irrtum", angeblich weiß ohnehin jeder, was „eigentlich" gemeint ist.

Die Wahrheit ist eine völlig andere. Die Wahrheit ist, dass jedes ausgesprochene Wort eine Macht hat. Auf der feinstofflichen Ebene dieses Planeten, auf der wir alle in Ursache und Wirkung miteinander verbunden sind, hat jedes Wort die Macht eine Welt zu erschaffen. Jedes Wort, jedes einzelne… Jedes eurer Wörter hat die Kraft, Freude oder Unglück zu erschaffen, Gesundheit wachzurufen oder den Todesfluch einer Verwünschung zu erschaffen.

Wir erschaffen Welten mit jedem einzelnen unserer Wörter. Warum ist dies so? Weil es im Karma die unsichtbaren Urprinzipien gibt, aus denen alles, was existiert ans Leben kommt. Alles. Alles ist in der unsichtbaren Matrix des Universums als Möglichkeit verborgen. Alles. Wenn wir ein Prinzip des Karmas mit einem Wort und seiner Schwingung in das Leben unseres Bewusstseins rufen, aktivieren wir die Energie, die hinter diesem Wort steckt. Hinter jedem Wort. In jedem von uns wohnen die tatsächlichen Wahrheiten des Universums. Wenn wir die jeweiligen Prinzipien anrufen, indem wir ihren Namen aussprechen, werden sie mächtig. Sie nehmen Gestalt und Energie an in unserem Leben. Darum ist es so wichtig, genau zu sein. Das Universum reagiert auf unsere Ungenauigkeit.

Wenn wir eine Bindung, die auf sexueller Attraktion beruht „Liebe" nennen, dann geben wir der Wahrheit einen falschen Namen. Das Ergebnis kann nur Verwirrung, Verspannung und Leid sein. Die Seele eines Menschen hört das Wort „Liebe" und in derselben Sekunde erwacht in ihrem Wesen all das, was tatsächlich Liebe ist. Im gleichen Moment erlebt der Mensch aber die Wahrheit, dass seine Begegnung mit einem anderen Menschen Sex ist. Ohne Wertung, ohne Gut und Böse. Es ist nur so, das das Eine etwas anderes ist als das Andere. Es kann natürlich Beides zusammentreffen. Wenn es aber nicht zusammentrifft, ist der Mensch verwirrt und fehlgeleitet, weil er in der totalen Verspannung zweier Wahrheiten lebt. Das Wort der einen Wahrheit gilt nicht für die Wahrheit, die er erlebt. Das Ergebnis kann nur aus Trauer, Melancholie, Wut, Egoismus und Konflikt bestehen. Lasst daher immer weniger zu, dass ihr vorschnell ein Wort wählt, das die Wahrheit nicht tatsächlich beim Namen nennet. Seid aber geduldig mit euch selbst und voller Mitgefühl für eure Anläufe zur Genauigkeit. Niemand hat euch jemals beigebracht ohne Furcht die Wahrheit auszusprechen und beim Namen zu nennen. Das ist ein Zustand, den ihr euch erst erobern müsst. Könnt ihr mir zustimmen?"

Ich musste herzlich lachen. „Ja", sagte ich nach einer Weile der Heiterkeit. „Wir stimmen dir sehr, sehr gerne zu, nicht wahr, Martin?" Martin zuckte heiter mit den Schultern und hob seinen Daumen zustimmend in die Höhe.

„Das freut mich zu sehen", sagte unsere freundliche Stimme. Dann fragte sie uns: „Nun, da ihr so viele Gedanken der Kritik geäußert habt, darf ich euch fragen, ob es für euch auch eine Vision gibt, die eure positiven Fantasien beschreibt?"

„Du möchtest, dass wir etwas Positives über das Thema „Kinder" sagen?", fragte ich.

„Ich würde mich sehr darüber freuen, denn wie ihr wisst, gibt es nur einen Weg auf dieser Erde, um mit einem großen Rätsel fertig zu werden."

„Und der wäre?"

Martin lächelte mich fragend an.

„Man muss das Rätsel lösen", sagte die Stimme mit ruhiger Heiterkeit, die wie ein sanfter Schatten von dem goldenen Ring ausging.

„Kritik an der Tatsache, dass euer Leben nicht perfekt ist muss an erster Stelle stehen. Kritik dient dazu, ohne Scheu die Missstände und Schwachstellen in eurem Leben bewusst zu machen. Auf diesen ersten Schritt aber sollte die Lösung erfolgen. Kein Arzt der Welt würde es angesichts eines Schwerverwundeten bei der Diagnose belassen, sonst wäre er unseriös und ein Scharlatan. Je fundierter die Diagnose, desto zwingender sind die einzelnen Schritte der Therapie, stimmt ihr mir zu?"

„Ja, das tun wir", sagte ich. „Und wenn es euch Recht ist, würde ich gerne als Erste etwas zum Thema „Kinder" sagen, um die Chance einer Lösung Realität werden zu lassen."

„Wir hören dir zu, Maria", sagte die Stimme ruhig und entspannt und auch Martin nickte mir freundlich zu.

„Je länger wir hier miteinander reden, umso öfter fällt ein bestimmtes Wort. Es lautet „Bewusstheit". Dieses Wort wird im Lauf unseres weiteren Lebens der Schlüssel zu allen weiteren Fragen sein. So viel habe ich erkannt. Wenn ich mir nun ansehe, wie viele Menschen ihre Kinder im Zustand der pursten Unbewusstheit auf diese Welt bringen, dann kann die Frage nur lauten: Welche Gedanken sollten in unser Leben gebracht werden um diesen Zustand zu ändern? Der erste und wichtigste Gedanke ist für mich: Wie viel Zeit braucht ein Kind, wenn es geboren wurde? Die Antwort scheint sehr einfach. Es braucht die ganze Zeit. Die ganzen 24 Stunden eines Tages müssen in den ersten Jahren dem Kind gehören. Am Tag, in den Stunden, in denen es wach ist und nachts ebenso, weil das Kind jederzeit aufwachen kann und Zuwendung, Nahrung und Liebe braucht.

In archaischen Gemeinschaften ist die Antwort auf diese Herausforderung sehr einfach: Die Mütter und Frauen ordnen ihr Leben so, das sie 24 Stunden am Tag in Verantwortung für ihr Kind leben können. Das Kind ist immer in der Nähe der Mutter und diese wiederum ist eingebettet in ihre Gruppe von Tanten, Schwestern und Großmüttern, die die Energien verteilen, die es braucht, um die Sicherheit eines Kleinkindes zu ermöglichen. Diese Lebensweise, die sich nicht sehr von Tierhorden unterscheidet, hat uns Menschen seit grauer Vorzeit geprägt. Aus diesem Lebensstil haben sich die archaischen Rollenbilder von Mann und Frau geformt. Die Frauen bildeten den inneren Kreis der sozialen Sicherheit, die Männer errichteten einen äußeren Kreis, der mit Jagd-beute und Schutz vor Tieren und Feinden das Zentrum der Gemeinschaft schützt. Die Frage der individuellen Selbst-verwirklichung stellt sich in solchen Gemeinschaften nicht und ein individueller Weg ist im Bewusstsein dieser Gruppen auch nicht vorgesehen. Abgesehen davon, dass wir in unse-rer Welt seit einigen wenigen Jahren unsere Individualität als oberstes Lebensziel verwirklichen wollen, stammen wir alle von solchen Horden ab. Dieser Lebensstil hat unser Denken und Fühlen über 10.000 von Jahren geprägt und sein Echo lebt immer noch in unserer Art die Welt zu sehen.

Die Frage lautet daher: Wie gehe ich als freie Frau der west-lichen Welt damit um, dass ich mit meiner Zeit gewohnt bin, frei umzugehen. Wenn das erste Kind da ist, muss ich wissen, dass meine „Zeitfreiheit" verschwinden wird. Die meisten Frauen in unserer westlichen Welt leben auch nicht mit Müt-tern und Schwestern in einer Großfamilie, sondern allein mit ihrem Mann in einer Zwei- oder Drei-Zimmerwohnung. Die Lösung kann also nur darin bestehen, dass ich wissen muss, dass meine gewohnten Freiheiten nicht mehr existieren wer-den. Ich muss wissen, dass in einigen Sozialstaaten Kinder-gärten helfen können, mein Zeitkonto aufzufüllen, sodass ich mich nicht nur um mein Kind, sondern auch um meinen in-dividuellen, nur mir gehörenden Lebensweg kümmern kann.

Meine Lösung würde noch weitergehen. Ich würde gerne in einer Welt leben, in er es eine Mischung aus den archaischen Formen unserer Herkunft und dem individuellen Weg unse-rer westlichen Kultur gibt. Das bedeutet, dass ich Fragen in meine Gesellschaft stellen würde. Ich würde fragen, welche

Frauen und Mütter die individuelle Entscheidung getroffen haben, ihre Lebenszeit ausschließlich der Betreuung von Kindern zu widmen. So wenig wie es einer Frau verwehrt sein sollte ihre Energie nahezu ausschließlich in ihren Beruf zu investieren, genauso sollte es geehrt und geachtet werden, wenn Frauen ihre Empathie unseren Kindern widmen möchten. Diese Frauen könnten sich in Gruppen zusammenschließen und mit ihrer Fürsorge Geld verdienen. Mein Modell geht weit über den klassischen Kindergarten hinaus. Dort werden unsere Kinder in Gruppen gepackt, die manchmal bis zu 20 Kinder umfassen. Am Nachmittag werden sie von ihrer arbeitenden Mutter abgeholt, für die dann nach der Anstrengung des Berufes die Betreuung des Kindes weiter Zeit und Energie erfordert und darüber hinaus auch noch die Aufmerksamkeit für ihre Liebe zu ihrem Mann. Ihr seht jetzt, ich gehe von dem Idealfall aus, bei dem eine junge Mutter den Vater ihres Kindes tatsächlich liebt."

„Da war er wieder, dein Marienhumor", lächelte die Stimme des goldenen Ringes. „Aber bitte, sprich weiter."

„In meiner Vision sehe ich Frauen, die gemeinsam mit zwei oder drei anderen mit sieben bis zehn Kindern ein Leben gestalten, wie es in der Urgeschichte des Menschen der Fall war. Diesem Lebensmodell müsste unsere Gemeinschaft entsprechende Lebensmöglichkeiten zur Verfügung stellen, die den Frauen und den Kindern genügend Raum zur Entfaltung gibt.

Ideal wäre eine Einbindung in die Natur. Bei Gemeinschaften, die sich auf diese Weise in Dörfern auf dem Land bilden ist das überhaupt kein Problem. Bei Kindern, die in den Städten geboren werde müssten Wohngemeinschaften am Stadtrand errichtet werden. Die betreuenden Vollzeitmütter, ob verheiratet oder nicht, würden auf diese Weise die Qualität des sozialen Schutzes mit den Kindern leben und die Wärme einer entspannten Gemeinschaft auf unsere Kinder übertragen. Wenn sich die arbeitenden Mütter dieser Kinder mental und physisch in der Lage sehen, dann können sie die Wochenenden mit ihren Kindern verbringen und mit ihren Männern kinderfreie Zeit während der anstrengenden Arbeitswoche teilen.

Ja, das wäre mein erster Vorschlag, um die unglaubliche Überlastung zu mildern, die ich bei so vielen Frauen in unserer westlichen Welt sehe. Ich habe so viele Frauen beobachtet, die bis zu dem Zeitpunkte der Geburt ihres Kindes ein anstrengendes, aber zufriedenes Leben geführt haben. Als dann ihr Kind in die Zweisamkeit mit ihrem Mann und ihnen eingetaucht ist, war es mit der Zufriedenheit vorbei. Das heißt nicht mit einem einzigen Wort, dass die Liebe zu ihrem Mann oder Kind oder zu ihrem Beruf bei diesen Frauen gelitten hat, es hat nur ihr Nervenkostüm gelitten. Es hat unter der selbst auferlegten Pflicht gelitten, allen drei Herausforderungen gerecht zu werde. Diese Belastung und Anspannung kann mit der Zeit so groß werden, dass es zu Krisen, Burnout und Aggressionen führt. Das ist doch nicht der Sinn eines Lebens in Freiheit und Würde."

Ich sah zu Martin, der mir aufmerksam zugehört hatte. Ich sah in seinen Augen den Willen, mit mir gemeinsam aus den Rätseln dieses Lebens einen Weg zu finden, der weiter und weiter zu einem glücklichen Leben führte. Wir gaben uns nicht damit zufrieden, dass uns die Vergangenheit 1000 Lösungen anbot, die in unserer Zeit keine Gültigkeit mehr hatten. Wir waren gemeinsam auf eine Reise gegangen, auf der jeder Schritt von den gewohnten Wegen in das noch nie betretene Land unserer Zukunft führte, einer Zukunft, die die Rätsel unserer Zeit mit Antworten aus unserer Zeit beantworten wollte.

„Maria", sagte die Stimme nach einer Weile. „Ich nehme an, dir ist bewusst, dass du in deinen letzten Sätzen mehrmals folgendes gesagt hast: „Als Frauen unserer westlichen Kultur" – warum hast du das getan?"

„Du weißt, warum ich so gesprochen habe, aber du willst, dass ich diesen Satz noch mehr ins Bewusstsein hole, nicht wahr?!"

Ein freundliches Lachen war die Antwort.

„Maria, Maria", sagte die Stimme. „Wir sind dabei, gute Freunde zu werden. Und ja, ich weiß genau, wie du zu diesem Satz gekommen bist, aber du musst wissen, dass jedes unserer Worte hier in dieser Kammer gesammelt wird. Eure Gedanken, meine Vorschläge, die Welt zu sehen, eure Suche nach Wahrheit und Radikalität werden gesammelt und dienen anderen Suchenden. Darum mache ich euch darauf immer wieder aufmerksam, nicht zu vergessen, dass jedes Wort eine Macht darstellt. Im Finden wie im Suchen. Und nun lasst uns diesen Weg weitergehen und Maria weiterhin zuhören."

„Mir ist bewusst,", sagte ich „dass ich Teil der Zivilisation bin, die vor einigen Jahren damit begonnen hat, noch niemals beschrittene Wege des Lebens zu erforschen. Dieses Experiment hat eben erst begonnen und sein Ausgangspunkt ist darin zu finden, dass einige Menschen in unserer westlichen Kultur erkannt haben, dass die Traditionen des Denkens, Handelns und Fühlens der letzten 10.000 Jahre in Frage gestellt werden müssen. Sie müssen auf ihre Gültigkeit für unsere heutigen Rätsel überprüft werden. Niemandem würde es heute einfallen Feuer mit zwei Flintsteinen zu schlagen. Wieso erleben wir dann noch archaische Lösungen für die Rätsel unserer heutigen Welt? Ich sage nicht, dass wir dabei sind, den Stein der Weisen zu finden. Ich weiß nur, dass wir noch nie gedachte und noch nie gelebte Formen für unsere Gemeinschaft finden müssen, wenn wir das Glück der Freiheit entfalten wollen.

Mir ist bewusst, welches unglaubliche Privileg mir zuteil wird, wenn mir erlaubt wird, frei zu denken, zu reden und zu handeln. In diesem Augenblick unseres Gesprächs wird in dunklen Hütten kleinen Mädchen die Klitoris mit rostigen Klingen und Glasscherben abgetrennt. Dann wird ihre Scheidenöffnung zugenäht und wenn sie diese Prozedur überleben, wird die zugenähte Scheide erst wieder in der Hochzeitsnacht aufgeschnitten, damit es zum Geschlechtsverkehr kommen kann. Dann, nach unzähligen Geburten vegetieren diese Haus-Frauen-Tiere als Kindermütter und Köchinnen in einer „Gottgewollten" Gefangenschaft.

Wenn sie Töchter haben, wird auch für diese der Tag der blutigen Glasscherben kommen und die Tradition hat gesiegt. Wenn euch dieses Bild zu drastisch ist und selbst die

Tatsache, dass immer noch zehntausende und hunderttausende junge Frauen so zerschnitten werden zu krass für ein humoristisches Gespräch über Kinder, dann erweitere ich auf all die Millionen von Frauen, die heiraten müssen, wen die Familie für sie aussucht. Sie müssen wie eine Leibeigene in die Familie des Mannes wechseln, gehorchen, Kinder gebären und das Haus nur in Begleitung der Schwiegermutter oder ihres Schwagers verlassen. Auch diese Frauen sind nichts als Legehennen in archaisch von Männern beherrschten Gemeinschaften.

Das Bild der zu beschützenden Frau und ihrer Kinder, das vor tausenden von Jahren noch seine Berechtigung hatte, ist in weiten Teilen unserer Welt pervertiert worden zur Einkerkerung der Frau. Weggesperrt, beschnitten und zur Gebärmaschine degradiert, vegetieren sie schwarz, braun oder blau verhüllt in ihren Häusern vor sich hin. Lebende Mahnmale eines Mittelalters, das in manchen Zusammenballungen von Menschen niemals aufgehört hat zu existieren. „Kulturen" möchte ich zu diesen Menschenansammlungen nicht sagen, da der Begriff „Kultur" nichts mit dieser Barbarei zu tun hat.

Vielleicht denkt ihr nun, dass meine Bemerkungen zwar richtig sind, wir hier aber Gott sei Dank die Früchte ernten können. Die Früchte einer Revolution, die vor wenigen Jahren unseren Frauen in unserer Weltgegend die Tür zur Freiheit geöffnet hat. Ich muss euch ein wenig enttäuschen.

Es mag stimmen, dass ich das Haus alleine verlassen darf, wenn ich Lust dazu habe. Aber das Echo unserer Unterdrückung der Frauen ist noch immer und überall spürbar. Wie viele junge Frauen müssen sich spätestens ab ihrem 30. Lebensjahr dutzende Male die Frage anhören, wann es „endlich soweit" ist? Damit ist nicht die Frage gemeint, wann es endlich soweit ist, das die Frau sich endlich in vollem Bewusstsein ihrer Entfaltung als göttliches Menschenwesen bewusst wird. Nein, es ist gemeint, wann es denn endlich soweit ist, dass ein oder mehrere Kinder die Frau zu dem machen, warum sie geboren wurde: Mutter zu sein. Die Jahrtausende haben ihre Spuren hinterlassen und selbst erfolgreiche Frauen die in führenden Positionen in unserer westlichen Welt auftreten, können sich diesem Meinungsterror nicht entziehen.

Wie oft habe ich in unseren Medien Karrierefrauen abgebildet gesehen, die mit vier Kindern und passendem Mann durch die schillernden Hotspots unserer Zivilisation schreiten und pures Kinderglück verströmen. Mindestens zwei Wesen dieser unübersehbaren Kinderschar müssen adoptiert sein, um dem allgemeinen Meinungsterror zu genügen – und alle, alle, alle sind sie vergnügt und eine große, große Familie...

Wenn ihr jetzt fragen wollt, warum ihr eine gewisse Bitterkeit in meinen Worten fühlt,werde ich es euch sagen: Weil diese Bilder lügen. Weil dieses Familienidyll der alles beschützenden Mutter mit ihren vielen lustigen Kindern und dem entspannt lächelndem Vorzeigevater eine schillernde Medienlüge ist. Die Wahrheit ist etwas völlig anderes. Die Wahrheit spielt sich hinter den Kulissen dieser Inszenierung ab. Dort, wo sich die Kindermädchen, die Köche und Chauffeure aufhalten. Dort, wo das Personal dafür sorgt, dass die Kinderschar der Erfolgseltern betreut und gewartet wird. Niemand auf dieser Welt ist in der Lage Höchstleistungen im Beruf zu erbringen und gleichzeitig 24-Stunden Bereitschaftsdienst als Zahnfee zu haben. Das erbrochene Breichen macht sich nicht gut auf dem Businesskostüm und darum hält die allzeit bereite Mutter ihren Nachwuchs auch nur solange auf dem Arm, wie die Fotografen abdrücken. Dann werden die Nachwachsenden wieder in die Obhut ihres Wachpersonals gelegt.

Das ist die Wahrheit. Und das wäre auch nicht zu kritisieren. Die Wahrheit verdient Applaus und nicht Kritik. Meine Empörung richtet sich daher vehement gegen unsere angeblich so freie, westliche Welt, die diese verlogene Inszenierung gierig aufsaugt, so als könnte sie sich danach beruhigt zurücklehnen, weil auch unsere Frauen noch fähig sind, eine „richtige Mutter" zu sein, obwohl sie Hochleistungen in ihrem Job vollbringen. Das ist eine perfide Lüge und das unendlich perfide an diesen Lügeninszenierungen besteht darin, dass viele naive Frauen diesen Bildern Glauben schenken.

Sie glauben, dass es offenbar möglich ist, einen Kindergarten zu entertainen und gleichzeitig ein Unternehmen zu leiten, oder auch nur einer geregelten Arbeit nachzugehen, die mehr als 35 Stunden die Woche in Anspruch nimmt. Das Perfide ist, dass unendlich viele Frauen sich schlecht und minderwertig fühlen, weil sie offenbar nicht in der Lage sind, frisch geföhnt und lächelnd mit offenbar sexuell glücklichem Mann und fünf Kindern an der Hand durchs Leben zu surfen. Allein gelassen versuchen sie diese Spannung auszuhalten. Die Spannung, dass ihr Leben nicht so „easy going" abläuft. Und dann kollabieren sie, dann knicken sie ein und gehen in die Knie. Das Dumme ist nur, dass bei diesen Momenten der „Normalfrau" kein Fotograf zur Stelle ist um diese Wahrheit zu dokumentieren.

Am Ende ist es so, dass auch wir, in unserer aufgeklärten westlichen Welt immer noch den Anschein erwecken müssen, dass auch unsere freien Frauen eigentlich genauso willige Zucht- und Brutkühe sind, wie ihre Schwestern im Rest der Welt."

Ich lehnte mich zurück und atmete aus. Ich hatte mich mit den letzten Sätzen in eine große Erregung geredet und wollte mich wieder beruhigen.

Martin bemerkte meine Anspannung und nahm zart und fest meine Hand. Ich fühlte seine Wärme, seine Kraft und sein Verständnis. Ich war froh mit ihm in diese Kammer in der weißen Pyramide gekommen zu sein. Hier tauchte ich in eine Atmosphäre des Friedens und des Verständnisses ein. Die Freundlichkeit der Stimme hinter dem goldenen Ring, der Ring selbst, der sich beständig und geduldig schwebend drehte, die Stille in dem Raum, der in sanftem Halbdunkeln lag, Martins Nähe und seine Liebe, all das erlaubte mir, in immer größerem Maß meine Wahrheit auszusprechen.

Ich begegnete dabei Welten an Gefühlen, die in der Welt draußen immerzu schweigen müssen. Sie müssen schweigen, wenn man nicht auf den ersten Blick und beim ersten Wort, das in Wahrheit gesprochen wurde als Außenseiter und Störenfried erkannt werden möchte. Oft hatte ich um den „lieben Frieden zu wahren" meine Wahrheit schweigen lassen. Zu oft war ich in geselliger Runde immer mehr und mehr verstummt. Ich hatte erfühlt, dass meine Bekenntnisse, wie ich unsere Welt sehe, nur zu Konflikten führen konnten.

Die Mischung aus den Kräften der Natur und der Gehirnwäsche unserer heutigen Öffentlichkeit hatte eine Wand aus
„Lebenseinstellung" errichtet, an der meine Wahrheit nur ab-
prallen konnte.

Immerhin war ich nun auch schon einige Zeit nach meinem
30. Geburtstag. Immerhin hatte ich mich auch von Männern
getrennt, die große Zuneigung empfunden haben: Zu ihrem
Job, zu ihrem Auto, zu ihrem Fußballclub und zu ihren Mit-
arbeiterinnen, aber letztlich doch etwas zu wenig zu mir. Oft
hatten mich erstaunte Blicke getroffen, wenn ich einen durchaus gepflegten Haus- und Segelbootbesitzer gebeten hatte,
auf meinem Lebensweg nicht mehr mit mir zu gehen.

Oft hatte ich versucht zu erklären, dass ich auf der Suche
nach Glück und Liebe war, nach Einsicht, Güte, Mitgefühl
und wirklich gutem Sex. Oft hatte ich erlebt, dass mir meine
beständige Suche nach dem Menschen, mit dem ich meine
innerste Wahrheit teilen konnte, als eine Haltung ausgelegt
wurde, die man früher „kapriziös" genannt hatte. Wie immer man es heute nennen wollte, mit Lieblosigkeit wollte
ich mein Leben nicht vergeuden. Lieblosigkeit, die sich
dann besser ertragen ließ, wenn zweimal im Jahr ein neues
Schmuckstück auf dem Geburtstags- oder Weihnachtstisch
darüber hinwegglitzern sollte, dass keine Wahrheit der Liebe
anwesend war. Nicht wirklich, nicht wirklich…

Eine Zeit lang hatte ich versucht nicht „so sensibel" zu
sein, wie es manche Freundinnen nannten, oder „meine

Ansprüche" etwas zu reduzieren. Ich hatte es wirklich versucht an der Verbrennung von Lebenszeit mitzumachen. Solange bis ich eines Tages auf Kajowa getroffen war. Meine Geistführerin im Paradiesspiel hatte mich mit liebevoller Genauigkeit bis zu dem Punkt in mir geführt, an dem es keine Ausreden mehr gab. Keine Ausreden…

Mein Leben war mein einziger Schatz in meinem Dasein und diesen Schatz wollte ich pflegen und vermehren und nicht vergeuden, indem ich meinen „Anspruch" reduzierte.

Das Gegenteil sollte in meinem Leben gelten.

Ich wollte den höchsten, nur vorstellbaren „Anspruch" meiner Seele und meinem Herzen eine Stimme geben. Ich wollte so laut ich nur konnte rufen: „Ich bin hier auf dieser Welt, um in meinem einmaligen Leben in diesem Körper die Liebe zu erfahren. Die Güte, das Licht, die Freude, die Heiterkeit, den Mut, die Kraft, die Lebendigkeit, die Tapferkeit, das Glück der Verbundenheit, den alles erfüllenden Sex und das Geräusch des Regens, wenn er nach einem langen Sommertag mitten in der Nacht über die Blätter der Bäume kommt, die vor meinem offenen Fenster stehen und meinen Schlaf bewachen. Meinen seligen Schlaf in den Armen des Mannes, den ich liebe und dessen Liebe mich auffängt, wärmt und stärkt.

Als ich an diesem Punkt angekommen war, an diesem Punkt, an dem ich bereit gewesen wäre um meiner Wahrheit zu Liebe auch alleine zu bleiben, an diesem Punkt in meinem Leben war mir Martin begegnet. Unsere Wesen hatten einander gerufen, gesehen und gefunden. All meine mutigsten

Träume wurden zu einer Realität, die mich nun, an diesem Tag unseres gemeinsamen Lebens, in die weiße Pyramide geführt hatte. Hier saßen wir nun und gingen die ersten Schritte auf dem Weg der Wahrheit. Immer noch hielt Martin meine Hand und lächelte mich an, als von weit her ruhig und stark die Stimme in mein Bewusstsein drang.

„Maria, nach all deinen innere Wegen der Erinnerung, möchtest du jetzt wieder zu uns kommen und mit uns gemeinsam weitergehen?"

Ich blickte hoch: Ruhig drehte sich der goldene Ring und Martin löste sanft seine Hand aus meiner Hand.

„Welcome back", lachte er und rieb seine Hände fest aneinander. Ich kannte diese Bewegung an ihm. Er machte sie immer dann, wenn er lange stillsitzen musste und seinen Kreislauf in Gang bringen wollte.

„War ich eingeschlafen?", fragte ich und Martin lachte: „Nein, nur ein wenig „weggetreten" und dabei hast du offenbar Zugang zu geheimen Energien des Kosmos gefunden, weil meine Hand etwas zerdrückt ist…". Er lachte und beugte sich zu mir und küsste mich sanft.

„Oh mein Gott, muss ich mich jetzt entschuldigen?!", rief ich und strich ihm durch sein Haar. „Nein, meine Geliebte", sagte er „wenn du noch einen Kuss für mich hättest, wäre ich wieder völlig geheilt…"

Ich rutschte zu ihm, umarmte ihn und küsste ihn lange auf

den Mund. Ich liebte ihn und seine lachenden Augen, mit denen ich jeden Tag beginnen durfte und mit denen jede meiner Nächte zur Ewigkeit wurde.

„Ich bin sehr froh, dass ihr so viel Vertrautheit und Liebe in diese Kammer der Wahrheit gebracht habt", sagte nach einer Weile der Zärtlichkeit die Stimme. Ich bin sehr glücklich zu sehen, dass eure Wahrheit auf dem Weg ist, die letzten Hindernisse der leblosen Konventionen zu durchdringen und zu überwinden. Ich möchte euch Mut machen, auf diesem Weg weiterzugehen, weiter zu forschen und dabei alles, alles, alles auf die Waagschale zu legen. Jeder Blick, jedes Wort, jede Bewegung, jeder Gedanke, jeder Atemzug ist es wert von euch befragt zu werden.

Ihr sollt euch in jedem Augenblick eures Lebens fragen, ob ihr in Wahrheit auf dem Weg der Liebe geht oder auf dem Weg der Illusion. Habt keine Scheu die heiligsten Bilder eurer Gewohnheiten zu prüfen, zu fragen, zu brennen und zu reinigen bis euch klar ist, ob sie heilig sind oder Lüge. Bis euch bewusst wird, ob die Wahrheit eurer Seele euch heilen kann oder ob bunte Lügen euch betäuben und blenden. Nichts und niemand darf das Recht von euch erhalten, euch auf eurem Weg zur Wahrheit und zur Liebe zu behindern. Kein Gesetz, kein Menschen, keine Gedanken, keine Gebote und Verbote, keine einzige Bewegung der Welt um euch herum darf euch jemals wieder in die Schranken der Leblosigkeit, der Lieblosigkeit und der Kälte sperren. Das hier ist der Beginn eures Weges, der zu eurer Wahrheit führt. Lasst uns tapfer sein und ihn gemeinsam weiter beschreiten, habt ihr Lust?"

Ich sah in Martins Augen die Bereitschaft zu reden. Ich setzte mich wieder auf meinen Platz neben ihm und wartete darauf, was er sagen wollte.

„Ich möchte sehr gerne aus meiner Sicht als Mann etwas sagen. Das Thema „Kinder" ist doch – im Idealfall – ein Thema, das Mann und Frau gleichermaßen betrifft."

„Wir hören dir zu", sagte die Stimme und dann sprach Martin weiter.

„Als ich dir, Maria, zugehört habe, habe ich in steigendem Maß ein Bild vor mir gesehen. Das Bild war geprägt von Männern und Frauen, die im tiefsten Inneren ihres Wesens nichts miteinander zu tun haben. Eine seltsame Fremdheit ist zwischen Männern und Frauen zu fühlen, die doch in Wahrheit tiefste Innigkeit empfinden sollten. In meiner Vorstellung ist es jedenfalls so, dass ein Kind das Ergebnis tiefster Innigkeit darstellen sollte. Die körperliche Vereinigung sollte letztlich nur der finale, materielle Ausdruck dafür sein, dass ein Mann und eine Frau in vollem Bewusstsein ihrer Verantwortung beschlossen haben, Leben zu zeugen. So wie du, Maria, dich oftmals einsam gefühlt hast mit deinem „Anspruch", so einsam war auch ich.

Auch ich habe es erlebt, dass eine Frau sich aus meinem Leben verabschiedet hat, weil ich noch nicht bereit war, ein Kind in die Welt zu setzen. Heute bin ich unendlich froh darüber, dass ich mich nicht habe „antreiben" lassen, endlich Vater zu werden. Heute weiß ich, dass es einen unbeschreiblich großen Unterschied gibt zwischen den Motivationen, warum

Mann und Frau einen gemeinsamen Weg gehen. Und über diesen Unterschied möchte ich gerne sprechen.

Der Unterschied besteht darin, dass die meisten Männer und Frauen, die ich kenne und die als Paar in der Welt erscheinen, in Wahrheit Fremde sind. Sie sind einander fremd, weil sie niemals damit begonnen haben, die Seele des Menschen, mit dem sie Tisch und Bett teilen, wirklich kennen lernen zu wollen. Eine sexuelle Attraktion hat sie zueinander geführt und anstatt diese Wahrheit in ihrer Begrenztheit zu akzeptieren, beginnen sie ein konventionelles Leben.

Sie inszenieren die gewohnten Rituale unserer Welt die allesamt behaupten sollen, dass hier eine Frau und ein Mann zusammengefunden haben. Eine Wohnung wird bezogen, die Urlaubsziele angepasst, Heirat findet statt, die Haushaltskasse wird zum Thema und dann erfolgen in rascher Folge eine oder mehrere Geburten. Ein Kind ist plötzlich da und zwei Menschen, die einander in tiefster Seele fremd geblieben sind, beginnen mit dem, was sie Erziehung nennen. Sie formen die Bilder der Sehnsucht, die dem neuen kleinen Menschen beibringen sollen, welchen Zielen er seine Lebensenergie opfern soll.

Wenn seine Eltern sehr konservativ sind und ihr Leben in Angst vor Freiheit verbringen, dann werden sie sich nicht wieder trennen, nachdem die Aufgabe der Biologie erfüllt ist. Selbst wenn das Kind aus dem Haus ist, werden sie in parallelen Welten eine Wohnung teilen und seufzend davon träumen, wie es wäre, mit dem richtigen Menschen für ihre Wahrheit ein Leben in der Südsee zu verbringen...

Nun aber möchte ich dieses Elend aus meiner Sicht als Mann um eine Facette erweitern. Du, Maria, hast zwar erzählt, dass es Frauen gibt, die nur um ein Kind zu bekommen, einen Mann als Befruchter auswählen. Stellt euch bitte einen Augenblick lang vor, wie sich ein Mann fühlt, der tief in seinem Wesen diese Wahrheit spürt. Er spürt, dass nicht „Er" gemeint war an dem Abend, an dem diese Frau ihn angelächelt hat bei der Strandparty mit guten Freunden. Sie hat nicht ihn angelächelt, sondern die Möglichkeit, dass er zeugungsfähigen Samen in sich trägt.

Das Ergebnis dieses Lächelns ist nun ein Baby. Es braucht Liebe, Wärme und ausschließliche Geborgenheit. All das bekommt es von der Frau, die der Samen des Mannes zur Mutter gemacht hat. Und ihn zu einem Vater, der ab dem Moment der Geburt in Wahrheit nicht mehr gebraucht wird. Nicht als Mensch, mit dem die Frau den Weg der Seelenverbindung gehen will, um Licht und Liebe zu entfalten.

Diese Wahrheit ist nicht die Wahrheit derjenigen Frauen und Männer, die nur der Zufall eines Lächelns zueinander gebracht hat. Zufällig in dieser Nacht, in der der Duft ihres Körpers, in dem der Eisprung stattfindet, für seine Bereitschaft zur Zeugung wie ein Brandbeschleuniger gewirkt hat.

Also hat der Sex seine Aufgabe der unbewussten Natur erfüllt. Und nun haben sich die zwei gefunden, die für lange Zeit in Ausschließlichkeit für einander leben werden. Mutter und Kind.

Diese Ausschließlichkeit geht sehr oft damit Hand in Hand,

dass die Mutter für lange Zeit nach der Geburt keine Lust auf Sex hat. Wenn sie das Gefühl hat, dass nach dem ersten, zweiten oder X-ten Kind ihre Aufgabe „Mutter zu sein„ erfüllt ist, dann hat auch der Zeugungssex seine Aufgabe erfüllt und dann ist es so wie in so manchen Beziehungen, die ich kenne, der Sex hat sich völlig verabschiedet. Die Kinder sind da, die Mutter ist von ihrer Aufgabe erfüllt und der Mann ist in Wahrheit überflüssig geworden. Nicht einmal das „Verliebungstheater", das am Anfang gespielt wurde, stellt mehr auf dem Programm. Es hat ja bereits Früchte gebracht. Warum also sollte man weiter Theater spielen? Als Frau, die jetzt Mutter ist und den Erzeuger in Wahrheit nie geliebt hat. Er war Samenspender und Bankomat. Jetzt wäre es angenehm, wenn er die als letzte genannte Funktion beibehalten würde und ansonsten – nicht stören! Nicht mit dem Anspruch auf einen tiefgehenden, gemeinsamen, seelischen Weg der Liebeserfahrung, der Zeit, Hingabe und Totalität verlangt... und wenn möglich auch nicht oder nur sehr selten mit dem Anspruch auf Sex. Und sei er noch so langweilig...

Wenn ihr euch nun fragt, ob ihr in meinen Worten ein wenig Bitterkeit fühlt, dann muss ich eurer Empfindung Recht geben. Ich fühle eine gewisse Bitterkeit, weil das Bild, das ich euch gezeichnet habe nicht die Ausnahme von der Regel ist. Diese Form des Zusammenlebens, die in Wahrheit ein „Nicht-zusammen-leben" ist, gibt es in unserer Welt so oft, dass mich nicht nur Bitterkeit überfällt, sondern tiefe Traurigkeit. Ich werde traurig, wenn ich all die Lieblosigkeiten fühle, die in dem Alltag unserer Häuser und in den Straßen unseres Lebens stattfindet. Am Ende dieses Trauerspiels sehen wir erwachsene Menschen, deren Energie darin investiert wird, einander so gut es geht aus dem Weg zu gehen.

Die Frage, die sich mir allerdings gestellt hat lautet: Wie kann ich meinem Leben trotzdem die Freude zurückgeben, die ich verdient habe?

Ich stelle diese Frage jetzt stellvertretend für alle Männer, die an irgendeinem Tag in ihrem Leben als Ehemann und Vater begreifen, dass sie nur ein Mittel zum Zweck waren.

Kann die Antwort nicht nur ein einziger Aufruf sein?

Der Aufruf lautet: Lass dich nicht von der Pflichterfüllung einsperren, die die Gesellschaft dir überstülpen will. Lass dich nicht zum Konventionsvollstrecker machen und deine Energie, deine Lebenskraft und dein Geld solange ausbeuten, bis dein Leben auf der Strecke geblieben ist. Erkenne die Wahrheit in den Abläufen der Natur, die auch dein Leben unter Kontrolle gebracht hat. Beende dein Dasein als „Notwendiges Übel". Bekenne dich dazu, dass du ein seelisches Wesen bist, das genauso wie die Mutter deines Kindes und genauso wie dein Kind eine einzige Aufgabe hat: Du selbst zu werden!

Mir ist schmerzhaft bewusst, dass es Abermillionen von Männern gibt, denen nicht bewusst ist, dass das, was ich eben analysiert habe die Wahrheit ist. Sie retten sich in den rituellen Satz, den schon ihre Großväter ihren Vätern mitgegeben haben. Dieser Satz lautete: „So sind die Frauen eben!"

Dieser Satz erklingt immer dann, wenn einem Mann die

Lieblosigkeit seiner Frau für einen Moment lang zu viel wird. Dann beantwortet er diesen Moment mit seiner Lieblosigkeit und die Chance auf Bewusstheit ist wieder einmal in Ritual des allgemein Üblichen erstickt worden.

Die Wahrheit ist, dass beide Beteiligten den gleichen Anteil an Verantwortung für dieses unwürdige Trauerspiel haben. Für diese Lüge der Gemeinsamkeit, die letzten Endes nur eine Zweckgemeinschaft ist.

Du wolltest unser Gespräch über das Glück mit einem Wort beginnen: Es lautet „Sex". Aus meiner Sicht beschreibt dieses Wort allzu oft den kurzen Knalleffekt eines Anfanges, dem allzu oft keine Erfüllung in einer Wahrheit der seelischen Reise zueinander folgt. Und am Ende stehen allzu oft zwei Schauspieler vor den toten, leeren Hüllen ihrer Komödie, in der es zu guter Letzt nicht einmal mehr Sex gibt.

Voila- das wollte ich euch heute sagen."

Ich war mir sicher, dass die Stimme etwas zu den starken Gefühlen sagen würde, die Martin uns gezeigt hatte und nach einer langen Pause, in der wir uns an der Hand hielten und schwiegen, begann sie wieder zu sprechen.

„Nun hab ich von euch beiden tiefe Einblicke in die Schmerzen eurer Erfahrungen geschenkt bekommen. Erlaubt ihr mir, dass ich nun einige Gedanken zur Lösung dieser Rätsel vorbringe?"

„Wir bitten dich darum", sagte Martin und dann sprach die

Stimme weiter. „Wenn ich euch zuhöre, erscheint vor meinem inneren Auge ein klares Bild. Dieses Bild zeigt eine Menschheit, durch die eine unübersehbare Trennlinie gespannt ist. Auf der einen Seite sehe ich Männer und Frauen, deren inneres Ziel es ist, miteinander in Offenheit, Wahrheit und Hingabe den Weg der Liebe und des Lichtes zu gehen. Dieser Weg ist erleuchtet von ihrem niemals endenden Aufruf an einander in jedem Augenblick bewusst zu leben.

„Bewusstheit" ist die Überschrift in ihrem Alltag. Ihre Liebe, ihre Arbeit, ihre Gedanken, ihre Taten, ihr gesamtes Sein stehen unter diesem lichtvollen Wort.

Bewusstheit.

Was immer ihnen widerfährt, sie sind sich bewusst, dass sie ihre eigene Realität erschaffen, mit jedem Gedanken, jedem Wort, jeder Tat.

Sie geben niemals „den Anderen" die Schuld für die Ereignisse in ihrem Leben. Sie sind sich bewusst, dass sie selbst die Gestaltung ihres Lebens zu verantworten haben. Niemand sonst. Diesen Menschen ist es eine Selbstverständlichkeit, jede ihrer Taten dahingehend zu befragen, was die Konsequenzen der Tat sein werden. Sie achten auf ihre Gedanken, sie achten auf ihre Bewegungen, sie achten auf jeden Schritt in ihrem Leben. Sie sind sich bewusst, dass sie Verantwortung haben: Für ihr eigenes Leben und für jeden Menschen, dem sie begegnen. Von diesen Menschen gibt es auf diesem Planeten nur einige Wenige. Sie haben noch keine Traditionen im Alltag der gewohnten Unbewusstheit. Sie durchdringen den Nebel der Unbewusstheit, der über diesem Planeten und seinen Menschenmassen liegt, sehr vereinzelt.

Ihre Präsenz wirkt wie die ersten Sonnenstrahlen der aufgehenden Morgensonne.

Sie durchdringen die Dunkelheit und sind die Vorboten eines kommenden Zeitalters.

Diesen Menschen, und dem in ihnen wohnenden Bewusstsein, wäre es niemals möglich, mit einem anderen Menschen in Ungenauigkeit und Lüge zu leben. Niemals würden sie auch nur eine einzige Berührung leben, ohne sich ihrer Auswirkungen bewusst zu sein. Das bedeutet, dass gesund gelebter Sex für sie das ist, was er ist: gesund gelebter Sex. Niemals würde es diesen Menschen widerfahren, sich besinnungslos mit einem anderen Menschen zu paaren. Niemals könnten diese Menschen, die die Vorboten unserer Zukunft sind, gedankenlos Kinder zeugen. Niemals mit einem ungeliebten Menschen ein Leben der hohlen Traditionen führen. Niemals würden sie auch nur eine Sekunde ihres kostbaren, einmaligen Lebens verschwenden.

Lieblosigkeit ist der Zustand, den sie nicht kennen. Die Liebe erfüllt sie mit jedem Atemzug ihres Daseins.

Als bewusste Seelen erfüllt sie als ersten Schritt die Liebe zu sich selbst. Dann folgt der nächste Schritt: Die Liebe zu ihrem Nächsten. In dem Augenblick, in dem eine Situation, ein liebloser Gedanke, eine hohle Routine die lebendige Kraft ihrer wahren Liebe trüben könnte, ändern sie die Situation.

So wie Wasser niemals stehen bleibt auf seinem Weg von der Quelle zum Tal und sperrige Felsen umfließt, so vermeiden es diese Menschen, sich bei störenden Gedanken und Begebenheiten aufzuhalten.

Wenn eine Blockade ihrer Lebensenergie sich mächtig erweisen will, weichen sie ihr aus und gehen ungestört ihren Weg weiter. Nichts und niemand kann diese Menschen dazu bringen, die Freiheit ihrer Seele einer Konvention der Leblosigkeit unterzuordnen.

Wir werden diese Menschen nicht in den Tempeln der alten Götter antreffen. Diese Bilder, die aus Angst und Machtgier erschaffen wurden, sind Versammlungsorte für diejenigen Menschen, die die Lasten und Irrtümer der Vergangenheit in unserer Gegenwart am Leben erhalten.

Zwischen diesen beiden Arten von Menschen fließt ein breiter Strom, der die Arten voneinander trennt. Während die Wesen, von denen ich eben erzählt habe, in dem Bewusstsein leben, dass sie der Gewalt und der Dunkelheit ihrer Geschwister auf der anderen Seite des Flusses vergeben müssen, wissen die Unbewussten nicht, „was sie tun".

Ich werde später in unserem Gespräch über euer Glück darauf eingehen, dass das Bild der falschen Götter dafür verantwortlich ist, dass die Unbewusstheit schon so lange die Menschheit in ihrer dunklen Macht hält.

Jetzt möchte ich noch ein wenig über diese Armen sprechen. Ich sage deswegen „diese Armen", weil sie in ein Labyrinth der falschen Wege geleitet wurden. Ich darf deswegen das Wort „falsch" verwenden, weil jeder Weg auf dieser Erde ein falscher Weg ist, der nicht zu Güte, Barmherzigkeit, Mitgefühl, Liebe und Verständnis führt. Ihr habt es soeben beide mit unterschiedlichen Worten beschrieben. Das Leid der Lieblosigkeit ist auf dieser Erde keine Ausnahme. Es ist die Regel. Unsere so genannte „Kultur" ist keine Kultur der Liebe und des Mitgefühls, es ist eine „Kultur" der Unterdrükkung, der Verblendung, der Ablenkung und der Zerstörung. Sobald es jemand wagt, auch nur daran zu denken, dass das Leben einen anderen Sinn haben könnte als den Kampf um die Macht, wird er von der Masse der Lieblosen als Feind erkannt und ausgegrenzt.

Die Masse der Menschen, die selbst unter dem Joch eines fehlgeleiteten Lebens stöhnen, bestrafen erbarmungslos jeden, der es wagt dieses Joch auch nur in Frage zu stellen.

Der Gruppenzwang an dieselben Götten zu glauben ist noch stärker als die Bewegungen, die der Wahrheit zu ihrem Recht verhelfen könnten. Seit tausenden von Jahren geben die Menschen den größten Teil ihrer Energie dafür hin, ein System aufrecht zu erhalten, das ihre einmalige Lebensenergie zerstört.

Lieblose Beziehungen, verlogene Gottesdienste und selbstzerstörerische Rituale dienen von früh bis spät dazu, die Menschenmassen in der Sklaverei ihrer selbstgeschaffenen Lügengebäude dienen zu lassen. Wie viele Menschen brüllen stumm vor sich hin, weil ihre heilige Lebensenergie in tödlichen Arbeiten und tödlichen Partnern verblutet. Die Schreie ihrer Seele dürfen nicht einmal Worte finden. Sie zeigen sich in den unüberschaubaren Massen an dem, was ihr „Volks-krankheiten" nennt.

„Gebrochene Herzen", überlastete Gebeine, vergiftete Lun-gen, verseuchtes Blut, eingeschnürter Atem, verwirrte, irrsin-nige Gedankenbilder, verbrannte Lebensenergie, die ihr mo-disch „Burn out" nennt, Impotenz, Frigidität, Gewalt in den Familien, Gewalt gegen Frauen, Gewalt gegen sich selbst das ist die Wahrheit in eurer Welt der Lügen. Mit jedem Jahrzehnt wird das bunt angemalte Lügengebäude der „menschlichen Gesellschaft" morscher und morbider. Mit jedem Jahr wer-den die kreischenden Ablenkungen krasser und brüllender. Die Menschenwelt auf dieser Seite des Flusses ist im tiefsten Kern ihres Daseins krank, angefault und todgeweiht.

Die Spannungen zwischen dem Klang der Wahrheit und dem Lärm der Ablenkung von der Wahrheit wird immer unerträg-licher. Der Kollaps dieser auf Lügen aufgebauten Menschen-welt rückt mit jedem Jahrzehnt näher. Darum ist es so wich-tig, die Wahrheit zu sagen, wo immer ihr Gelegenheit dazu habt. Wo immer ihr euch befindet: Lebt die Wahrheit in ihrer ganzen Klarheit und Reinheit. Gebt der Wahrheit die Kraft, die ihr in euch fühlt, wenn ihr miteinander eure Liebe feiert.

Lebt eure Liebe wie einen Ton, der entsteht wenn man einen Gong schlägt.

Ein Impuls genügt und die Wellen seiner Wahrheit hallen tau-sendfach länger nach als sein Impuls gedauert hat.

Wisst, dass ihr wählen könnt. Ihr könnt wählen, ob ihr den Lügnern ausweichen wollt oder ob ihr ihren Lügen die Wahrheit gegenüberstellen wollt. Diese Entscheidung liegt in eurer Kraft verborgen.

Wisst, dass ihr menschliche Wesen seid, deren Energie in Wellen durch euch hindurchzieht. Es gibt Zeiten, da ist sie nach außen gewandt und erlebt daraufhin den Wechsel sich nach innen zu richten. Die eine Zeit ruft nach dem offenen, aggressiven Wort, die andere Zeit nach dem stillen Innehalten.

Beachtet eure Kraft und sagt laut die Wahrheit, wenn die nach Außen drängende Energie euch vor Reaktionen der Lieblosigkeit schützt. In diesen Zeiten ist eure Energie der Wahrheit wie ein Schild, an dem Hohn und Spott abgleiten, an den anderen Tagen, den Tagen des Schweigens, geht den Lügnern still aus dem Weg. So wird eure Kraft immer stärker werden und euch dabei helfen, die Strahlen der Sonne in die tiefste Nacht der Unbewusstheit zu senden."

Die Pause, die die Stimme nach diesen Sätzen machte dauert länger als sonst.

Martin und ich saßen nebeneinander und lauschten in das Echo, das diese Worte in uns wachgerufen hatte.

Dann sprach die Stimme weiter.

„Ich freue mich, dass wir diesen Moment der Stille teilen konnten. Unser Lebensweg wird auf zwei Beinen beschritten. Das eine ist die Idee, das andere ist die Praxis. Das eine kann ohne das andere nicht zu einer Bewegung führen. Nachdem ich euch nun ein wenig von der Idee erzählt habe, die unserem Leben eine Richtung gibt, lasst mich ein wenig über die Praxis reden.

Wir sind uns darüber klar geworden, dass auf dieser Erde der Großteil der Menschen ein unbewusstes Leben führt. Sie folgen dem Prinzip der Kettenreaktion. Der Auslöser für ihre Beziehungen ist Sex. Danach folgt Schlag auf Schlag die Abfolge der Üblichkeiten: Sex, Beziehung, Kinder, Routine, Alter, Tod.

Die Frage lautet nun: Was können wir tun, um trotz des blinden Programms der Natur am Leben zu bleiben?

Was können wir tun, um unsere Vielfalt am Leben zu halten? Betrachten wir die Situation in einer der Kleinfamilien, die ich euch vorhin geschildert habe. Es gibt keine verbindende Liebe mehr, keine Freude, die aus der Tiefe der Seele kommt, die den einzig richtigen Weg mit dem einzig richtigen Seelenpartner geht und es gibt früher oder später wenig oder gar keinen Sex.

Um diese Wüstenei zu ertragen, beginnen die Menschen mit Freizeitaktivitäten. Bungee Jumping, Bowling, Segeln, Trinken, Wandern, Freizeitpark-Besuche- alles, was laut und abenteuerlich ist, wird ausprobiert. Diese taumelnde Suche nach Ablenkung wird dringend benötigt, um die stillen Rufe der Seele zu übertönen. Alles muss unternommen werden, um der Einkehr in die Wahrheit des Herzens keine Chance zu geben. Tief in ihrem Inneren ahnen die Menschen, dass in dem Augenblick, in dem nur für eine Stunde lang Ruhe um sie herum ist, diese Ruhe ihrer Wahrheit erlauben würde, zu Gehör zu kommen.

Sich aus dem Weg gehen oder gemeinsame Erlebnisse mit Krach und Lärm und Drogen zuzudröhnen, das ist das Rezept für die meisten Paare, um beisammen bleiben zu können. Dass dieser so krass und traurig klingende Satz die Wahrheit ist, erkennt ihr daran, dass die Trennungs- und Scheidungsrate nach Feiertagen in die Höhe schießt. In den erzwungenen Stunden, in denen unsere Lügenkultur uns vorschreibt, dass wir Ruhe und Einkehr spielen sollen, in diesen Stunden ist die Wahrheit am schwersten auszublenden. Unter diesem Gesichtspunkt ist Weihnachten tatsächlich das „Fest der Liebe".

In diesen unausweichlichen Ritualen der Stille wird tatsächlich sehr oft bewusst, dass keine Liebe da ist. Die Folge ist Frustration, Aggression, Alkohol und Streit und Hass bis zur Trennung. Als Arzt wäre ich sehr froh darüber, dass die Zeit der Stille zu solchen Explosionen führt. Sie sind Zeichen dafür, dass die Menschen noch nicht ganz abgestorben sind. Ihre Wut auf den nicht geliebten Partner, der sie in eine Bindung zwingt, ist eine Reaktion der Seele auf die Lüge, die sie 350 Tage im Jahr schlucken muss. So wie der Körper mit Erbrechen auf Gift reagiert, so kotzt die Seele die Lügen der Scheinbeziehung heraus. Das Ergebnis ist eine Eruption. Danach kommt es zur Trennung. Diese Trennung könnte der Beginn einer Heilung sein. Leider ist es aber meistens so, dass die Menschen nur von einer Lüge in die nächste Lüge taumeln. Das tun sie deswegen, weil sie es nicht ertragen, allein zu sein.

Diese Zeit der Stille und Meditation über die Frage: „Was will ich mit meinem Leben?" scheuen die meisten Menschen wie der Teufel das Weihwasser. Warum? Weil ihnen in diesen Momenten bewusst werden könnte, dass sie ihr Leben komplett neu beginnen müssten.

Die Erkenntnis, den falschen Weg zu gehen, kann dazu führen, dass man den Beruf aufgibt, der nicht befriedigend ist, die Wohnung verlässt, in der man sich nicht mehr wohlfühlt, dem Kegelclub den Rücken kehrt, weil man die ewig gleichen Witze über Neger und Frauen nicht mehr hören will... Letzten Endes kann es sein, dass man sich mit einem Rucksack und ein paar Geldscheinen in der Tasche an einer Autobahnauffahrt stehen sieht, um das Land so günstig wie möglich zu verlassen.

All das kann geschehen, wenn in einem Moment der Stille ein Satz hörbar wird: „Ändere dein Leben".

Wenn dieser Satz so fein und unausweichlich durch die Räume unserer Seele schwebt, dass wir ihn nicht überhören können, dann wird die Einheit aus Seele, Geist, Herz und Körper hinhören. Sie wird den Ruf vernehmen und aufstehen und weggehen.

Damit genau das nicht geschieht, erhöhen wir die Dosis an Ablenkung und Lärm mit jedem Jahrzehnt.

Nichts fürchtet die Masse der Sklaven mehr als den Aufbruch einiger Vorbilder. Die Lücken, die sie in die Mauer der Unterdrückung reißen, könnten groß genug sein, dass der Strom des Lebens hindurchdringt. Er könnte sich verbreiten und wild werden. Er könnte mehr und mehr Steine aus dem Damm brechen und dann würde das Chaos triumphieren. Chaos ist eine Vorstufe der Ordnung. Chaos dauert nicht ewig. Aber allein die Furcht davor, dass das Chaos einige Tage und Wochen herrscht, lässt die Mächte der Konvention und der Leblosigkeit ihre Anstrengungen mit jedem Jahr verdoppeln. Die Sklavenmenschen können nicht sehen, dass Entfaltung eine Stufe zum Glück darstellt. Sie haben gelernt, dass das ewig Gleiche für sie Glück zu sein hat.

Ihr erinnert euch daran, dass ich davon gesprochen habe, wie sehr unsere Kinder erzogen werden, nur solche Wünsche zu haben, deren Erfüllung ihre Unterdrückung bedeutet.

Solange es Menschen erstrebenswerter erscheint eine Beziehung weiter zu verwalten als eine Trennung aus Liebe zu sich selbst zu wagen, solange das Zelebrieren der äusseren Form höher geschätzt wird als die Heilung nach einem Ende des Grauens, solange Konformität bedeutender empfunden wird als Wahrheit, solange werden Menschen Todesangst haben vor Wahrheit, Freiheit, Liebe, Radikalität, Zärtlichkeit, Humor und Mut.

Warum haben diese Kräfte der Leblosigkeit so eine Macht? Weil sie es schaffen in den Menschen Angst wachsen zu lassen. Die Angst vor der Freiheit stammt aus der Zeit, in der es tatsächlich eine tödliche Gefahr dargestellt hat, den Ritualen der eigenen Herde nicht zu dienen. Es hat Zeiten gegeben, in der Geschichte unserer Art, in der der Einzelgänger für seine Wagnis bezahlen musste. Mit Ausgrenzung, mit Hunger und mit dem Tod. Diese Kräfte haben den Menschen in weiten Teilen dieser Erde bis vor wenigen hundert Jahren in ihren Fesseln gehalten. Erst seit wenigen Jahren gibt es für Wenige in wenigen Zivilisationen die Möglichkeit, ein selbstbestimmtes, individuelles Leben zu führen.

Diese Freiheit gilt aber auch heute noch lange nicht für alle Kulturen. Im Gegenteil – die Mehrzahl an Gemeinschaften bestraft den Einzelnen, der sein Glück nicht in den Traditionen der Herde sucht, immer noch mit Feuer und Schwert und wuchtig geworfenen Steinen.

Der Ungeist der Angst und der Unterdrückung umweht immer noch weite Teile dieser Erde. Auch bei Menschen wie euch, die es schon geschafft haben, das weiße Band der Liebe zu tragen, spielen die Erinnerungen immer noch eine mächtige Rolle. Die Erinnerung an Strafe vibriert auch in euren Zellen, in eurer Aura, in euren Stimmungen...

Heute seid ihr in diese Kammer gekommen, um den Weg zu erfahren, der zu eurem Glück führen kann... Ich sage euch: Das erste und wichtigste, was ihr dabei lernen müsst ist, zu akzeptieren, dass ihr Angst habt. Erst wenn ihr so mutig geworden seid zuzugeben, dass es auch in euch die Angst vor der Freiheit gibt, erst dann werdet ihr die Kraft entwickeln, dieser Angst aufrecht und mit der Macht eurer liebenden Seele zu begegnen.

Diesen Schritt müsst ihr in Gelassenheit und Würde annehmen. Wenn ihr dafür nicht die Geduld aufbringt und die Angst überspringen wollt oder versucht sie zu verdrängen, wird sie euch mit doppelter Wucht in eurer Zukunft einholen.

Lasst mich kurz darüber reden, was die größte Angst der Menschen ist: Sie fürchten als Strafe für die Kündigung ihres gewohnten Lebens verhungern zu müssen. So einfach und so riesengroß ist die Gestalt dieser Angst. Sie steht mitten auf eurem Weg und spricht: „Ja, kündige dein Leben, deine Gewohnheiten, deinen Beruf „der dich nicht glücklich" macht, pack den Koffer der Freiheit und wandere los. Schon in wenigen Wochen wird dir das Geld ausgehen. Du wirst dir keine Wohnung leisten können, kein Benzin für dein Auto und nach kurzer Zeit nicht einmal mehr ein Fahrrad… Abgebrannt, mittellos und in Lumpen wirst du dich in die Horde der Bettler einreihen, die vor dir den „großen Sprung in die Freiheit" gewagt haben. Los, meine Guten – springt!"

Ja, das sind die Worte, die euch der Riese „Angst" zubrüllt, mit feurigem Atem, der eure guten Absichten verbrennen will. Und wenn ihr damit beginnt seinen Worten Glauben zu schenken, dann werden sie euch im Mark erschüttern. Sie werden euch zurückweichen lassen und lähmen. Sie klingen ja so vernünftig. Die Argumente, die euch der Riese „Angst" vor die Füße wirft sind keine kleinen Kieselsteine. Es sind mächtige Felsbrocken, die den Weg zum Gipfel der Freiheit versperren.

„Hat er denn nicht Recht?!", beginnt es in euch zu fragen. „Habe ich nicht schon den einen oder anderen gesehen, der im Rausch der Freiheit Haus und Hof verloren hat, weil ihm die „Freiheit" so wichtig war?"

Die Worte des Riesen beginnen sich in euch einzunisten wie Viren. Sie besetzen euer Denken und lassen nur mehr ein Argument gelten: Das Argument der Angst vor der Zukunft.

Der Angst vor der Freiheit. Wenn ihr der scheinbaren Logik seiner Worte Glauben schenkt, ist der Impuls in euch, der euch zur Freiheit verhelfen soll, dem Tod geweiht.

Ich habe euch bereits gesagt, dass jedes Wort ein machtvolles Wesen ist. Seine Macht besteht in dem Bild, das es beschwört. Seine Macht wächst durch euren Glauben an dieses Bild.

Diejenigen in eurer Gesellschaft, die an der Macht sind, wissen sehr genau um diese Magie Bescheid. Sie wählen die Worte sehr genau aus, die sie euch zurufen. Sie wählen die Bilder sehr genau aus, die für euch zu „Vor-Bildern" werden sollen. Auch wenn ihr in eurer westlichen Welt ein wenig freier wirkt als eure Brüder und Schwestern in anderen Teilen der Welt, dürft ihr doch nicht vergessen, dass auch ihr nur ausgewählte Worte zu hören bekommt.

In früheren Zeiten waren die Mächtigen noch etwas plumper. Sie haben die Worte, die für sie gefährlich waren verbrannt. Im Vatikan gibt es ganze Bibliotheken mit Büchern, deren Worte auf dem Index gelandet sind, weil sie Bilder wachgerufen haben, die der Freiheit eine Stimme verleihen konnten. In den letzten Jahren unserer Geschichte hat sich die Form der Zensur in unseren Gegenden etwas gewandelt. Heute verbrennen wir die Bücher der freien Ideen nicht, wir schweigen sie tot. Wenn das nicht gelingen will, setzen wir eine Inszenierung in Gang, die die Urheber der Ideen, die den Samen der wirklichen Freiheit pflanzen könnten, der Lächerlichkeit preisgeben.

Wo habt ihr das letzte Mal einen Text gelesen, in dem geschrieben stand, dass eure Welt eine Welt der Lügen, der falschen Ziele, der Lieblosigkeit und der Gewalt ist?! Wo habt ihr gelesen, dass eure Geldwelt aus Lügen und Glaubensbildern besteht, die solange in sich aufrecht gelogen wird, bis am Ende nur mehr der Kollaps als „Lösung" möglich ist? Wo lest ihr die Worte, die euch darauf aufmerksam machen, dass eure „Freiheit" und euer „Wohlstand" auf der Ausbeutung eurer Kolonien gegründet wurde? Ob es nun Römer, Portugiesen, Spanier, Engländer, Franzosen, Amerikaner, Russen, Araber oder Chinesen waren. Die Macht und das Geld zur Festigung der Macht war immer nur geraubtes Geld. Keines eurer Länder ist jemals in den Rang einer Weltmacht aufgestiegen, weil seine Bauern so große Kartoffeln geerntet haben. Die Bauern wurden in die Armeen der Konquistadoren gepresst und haben den eroberten Völkern das Geld geraubt und die Schädel eingeschlagen. Dann haben sie das Kreuz oder den Halbmond auf die Leichenfelder gepflanzt damit die ganze Welt sehen konnte, WER da im Namen des Geldes gesiegt hat.

All das werdet ihr nirgendwo in euren Massenmedien hören oder lesen. Weil es die Herkunft eurer Macht infrage stellt. Weil es eure „Freiheit" infrage stellt.

Euer Reichtum, eure „Freiheit", eure Weltherrschaft ist das Ergebnis von Mord und Totschlag. Das will man euch nicht hören lassen. Nicht denken lassen. Das Ergebnis könnte ja sein, dass ihr aufsteht und eine neue Welt errichtet. Eine Welt der Liebe, der Güte und der Barmherzigkeit. Das muss um jeden Preis verhindert werden. Darum ist das Bild, das euch gezeigt wird, das Bild der zerlumpten Bettler: Ohne Haus, ohne Auto, ohne attraktiven Partner. So müssen diejenigen leben, die aus dem Tollhaus eurer Gesellschaft herausgetreten sind. Das Narrenschiff eurer Routine fährt ungebremst auf den Eisberg eures Unterganges zu. Die Kapitäne aber rufen: „Keine Angst, diesmal fahren wir drum herum... und nützen das Eis zur Kühlung unseres Champagners..."

Tief, ganz tief ist in euch diese Angst vor Ausgrenzung und Mittellosigkeit eingegraben worden. Diese Angst bestimmt euer Leben vom ersten bis zum letzten Atemzug. Wer immer es wagt sein Denken von diesem Schwarzmagischen Zauber zu erlösen, findet sich früher oder später im Obdachlosenheim oder in der Trinkerheilanstalt.

So, nun aber lasst mich einen ganz anderen Gedanken aussprechen. Stellt euch bitte für einen Augenblick lang vor, dass es auf diesem Weg noch einen anderen Riesen gibt. Es ist der Riese „Mut". Dieser Riese hat die Kraft den Riesen „Angst" zu besiegen. Die Kraft dazu liegt in euren Worten und Gedanken.

Stellt euch bitte vor, wie ihr vor den Riesen „Mut" hintretet und an ihn glaubt. Nur an ihn glaubt.

Es ist bei diesem ersten Schritt nicht nötig, sofort seine ganze Kraft zu spüren., seine Macht zu fühlen und die Früchte zu ernten. Sagt die Worte ruhig und innig in eurem Glauben an ihn: „Ich glaube an den Mut".

Der Riese ist ein Freund eurer Seele. Er ist ein Teil eurer Seele und eures Wesens. Erinnert euch daran, dass jedes Wort – jedes! – eine lebendige Wahrheit ist. Gebt diesem Teil eurer Seele Kraft. Gebt dem Riesen „Mut" in euch Nahrung. Auch wenn sie euch die Worte der Angst, der Kraftlosigkeit, des Zweifels und der Kleinheit gelehrt haben, vermeidet sie. Trefft eure Entscheidung, legt sie beiseite und greift zu den anderen Worten: „Liebe", „Kraft" und „Leichtigkeit", „Freude", „Lust" und „Freiheit". Konzentriert euren Willen, wendet euch von den dunklen Worten ab und ruft dem Riesen in euch die magischen Worte der Lebendigkeit zu.

Am Anfang wird es euch Überwindung kosten, weil ihr so etwas „Lächerliches" nicht gewohnt seid. Man hat euch daran gewöhnt „seriöse" und sorgenvolle Bürger zu sein. Ich aber sage euch: Vergesst diesen Irrsinn und erlaubt euch wie ein mutiger Held, der den Drachen bezwingt an eure Stärke zu glauben. Übt euch darin. Wiederholt die Beschwörung eurer Kraft und Freiheit solange bis es überhaupt keinen Raum mehr für Zweifel in euch gibt. Das wird dem Riesen „Mut" die Macht geben, sein Schwert zu ziehen und den Riesen „Angst" in euch vom Thron zu stoßen.

Stellen wir uns vor, dass ihr mir glaubt und diese Übung vollzieht. Was könnte das Ergebnis sein? Ich sage es euch: Es könnte sein, dass euer Mut euch zu neuen Lebensbildern inspiriert. Es könnte sein, dass ihr euch vorstellt, wie es wäre, wenn ihr ein neues Leben mit Verbündeten beginnt. Mit denjenigen unter euch, die genauso wie ihr, den Schritt aus dem Irrenhaus gewagt haben. In die Freiheit.

Ich werde euch nicht vorgaukeln, dass in dem Land, das ihr betreten werdet, vom ersten Tag an Milch und Honig fließen. Ich bestätige sogar, dass der finanzielle Ruin droht, wenn ihr euch aus dem Sklavensystem davonmacht. Sie haben Recht! Dieser Satz gilt aber nur für das Sklavensystem!

Was sie euch verschweigen, ist die Möglichkeit, eine neue Welt zu errichten, mit euren mutigen Brüdern und Schwestern.

In dieser neuen Welt, die die einzige Rettung für euch Menschen sein wird, gibt es Regeln und Gesetze, Liebe und Verantwortung, die sich nicht einmal im Traum mit der Sklavenwelt vergleichen lassen. Ihr müsst sie nur errichten. Mit eurem Mut. Mit eurem Glauben an eure Freiheit und Liebeskraft. Dann erlöst ihr eure Angst vor dem Untergang.

„Stirb und werde" - Wer kennt diesen Satz nicht?

Ja, es muss einen Tod geben vor der Wiedergeburt. Ja, es muss einen Anfang geben von all den Trugbildern eurer Sklavenwelt, bevor ihr die Fundamente einer neuen Welt in die Erde legen könnt.

Ja, dies ist die Wahrheit. Sie wird euch nicht geschenkt, sie ist die Frucht eures Mutes."

Kurz schwieg die Stimme, dann sprach sie weiter.

„Bemerkt ihr, dass wir in unserem Gespräch langsam auf die Ebene kommen, auf der die Macht des Geistes die Richtung entscheidet? Wir werden etwas später genauer auf diesen Gedanken eingehen. Jetzt aber, lasst uns noch einmal zu dem Punkt finden, an dem wir eine Lösung finden wollten in der Praxis eures Alltages.

Wie könnte es aussehen, das Leben in der konventionellen Kleinfamilie? Mit Routine, zwei Kindern, festen Urlaubszielen, abnehmendem Sex und Angst vor materiellem und sozialem Abstieg?

Damit die Strukturen der Ernährung erhalten bleiben, habt ihr euch eiserne Regeln auferlegt. Harte Arbeit bei wenig Lohn. Das zwingt euch hart weiterzuarbeiten, damit der Lohn nicht noch weniger wird. Gemeinschaftserlebnisse wie Fußball und Olympiaden, damit ihr euch wenigstens im Zusehen gesund fühlt, anstatt es zu sein. Und sexuelle Treue zu einem Partner, der euch nicht mehr wirklich interessiert.

Ja, all das sind die Regeln, in einer Welt, an denen ihr glaubt teilnehmen zu müssen, um Mitglied zu bleiben, im Club der „Zu Lebzeiten Verstorbenen".

Wagt es doch einmal, euch nicht zum Krüppel zu arbeiten, in herzlosen Hierarchien. Wagt es doch einmal, nicht für Fußball zu schwärmen. Wagt es doch einmal, in ein wirklich gutes Bordell zu gehen und eure Lust auf Sex auszuleben, für den ihr nicht so tun müsst, als wäret ihr verliebt. Als Mann, wie als Frau.

Das, was ich so scheinbar leicht hinsage, soll euch provozieren. Ich will euch darauf aufmerksam machen, dass wir an den Beginn unserer Reise das Wort „Sex" gestellt haben. Langsam nähern wir uns den Lösungen, die mit diesem Wort in unseren Alltag gebracht werden.

Zur Praxis:

In eurer Geschichte hat es eine Zeit gegeben, in der ihr euch dazu entschlossen habt, so zu tun, als würdet ihr ein Leben lang mit einem Menschen Sex erleben wollen, auch wenn ihr ihn nicht mehr liebt oder begehrt. Wenn ein Forscher in einer fernen Zukunft diesen Satz liest, hat er den Beweis dafür gefunden, dass eure Welt geisteskrank war.

Aus diesem Irrsinn lässt sich die gesamte Leidensgeschichte eurer Welt ableiten. Alles, alles, alles, was ihr tut um eure Frustration zu verdrängen, lässt sich auf diesen kranken Anfangspunkt zurückführen:

Jedes lebendige Wesen will Sex erleben. Sex ist „der Atem Gottes". Jedes lebendige Wesen kann und soll Sex erleben mit Lebewesen, die es sexuell attraktiv erlebt. Wenn die sexuelle Anziehung erlischt, ist die Aufgabe, die Sex in einem Leben hat vorbei.

An diesem Punkt sucht sich jedes gesunde, lebendige Wesen ein neues Lebewesen, mit dem es Sex wieder zu leben beginnt. Das ist die Gesundheit, die die Natur in ihrer Bibel festgelegt hat. An diesem Punkt nun, an dem eine Erneuerung geschehen soll, habt ihr die Pflicht und die Treue gestellt. Das ist krank.

Diese Selbstvergewaltigung soll dazu dienen, euch als Paar zusammen zu halten. Dieser Zusammenhalt ist die Basis für eine Routine. Diese Routine soll euch dabei helfen, Geld zu verdienen, Statussymbole zu kaufen und euer Geld dafür zu verwenden, die Frustration tot zu kaufen. Das geht aber nicht. Keine Billion in Diamanten und Gold kann eine Frau dazu bringen, Lust zu empfinden, wenn sie genug davon hat, dass der ungeliebte und unbeghrte Mann in sie eindringt.

Kein Schloss und keine Krone können einen Mann zur Leidenschaft verführen, wenn er den Geruch seiner Leidensgefährtin nur mehr abstoßend empfindet.

Unendlich viele Menschen in eurer Welt kommen im Laufe ihrer Zweisamkeit an diesen Punkt. Dann versuchen sie ihn mit Drogen zu betäuben, mit Fernreisen weg zu schieben, mit Fremdgehen zu kompensieren. Das ist schier krank.

Man könnte nun sagen, dass das Fremdgehen wenigstens ein letzter Versuch ist am Leben zu bleiben. Man könnte diesen Versuch sogar loben, wenn man ein Zyniker wäre.

Das Zynische an dem Geschehen liegt in folgendem Ablauf: Zwei Menschen haben einen Bund geschlossen, zu dem sexuelle Treue gehört. Sie gelangen an den Punkt, an dem ihnen gemeinsamer Sex Kummer bereitet. Die Natur sorgt dafür, dass eine Lösung gefunden wird. Daraufhin beginnt der eine Mensch den anderen Menschen zu bekämpfen und versucht sogar, seine Existenz an Nerven, Geld und Wohlbehagen zu zerstören, nur weil es einer von beiden als erster gewagt hat, der Natur ihr Gesundheitsrecht zurück zu geben.

Wir wollen nicht vergessen, dass in meinem Bild BEIDE Menschen das Interesse an Sex verloren haben, trotzdem beginnt ein Zerstörungskrieg. Warum?

Weil es den meisten Menschen um Macht geht und nicht um Liebe.

Wenn die persönliche und sexuelle Liebe erloschen ist, dann könnte doch der Weg der All-Liebe oder der Freundschafts-Liebe beschritten werden. Warum gelingt das nicht? - Weil die Menschen in Bildern erzogen wurden, die nichts mit Gesundheit zu tun haben, sondern mit Kontinuität. Weil sie eingeimpft bekommen haben, dass natürliches Verhalten sündhaft ist. Weil sie gelernt haben denjenigen zu kreuzigen, der den Wahnsinn der Allgemeinheit nicht mitmachen will.

Wenn ihr Lust habt euch zu fragen, warum es im Lauf einer Zivilisation dazu gekommen ist, Wahnsinn höher zu schätzen als Natürlichkeit, dann kann ich euch sagen, dass in eurer Geschichte das Wort „Sicherheit" einen dämonischen Platz eingenommen hat. Der „Dämon" Sicherheit war es, der euch dazu geführt hat, Männer und Frauen zusammen zu zwingen, die einander nicht lieben. Die Routine eines gemeinsamen Haushaltes, die Routine der gemeinsamen Arbeit um Reichtum zu erschaffen, hat euch dazu geführt die Form des Zusammenlebens zur Norm zu machen. Die Form von „Mann und Frau", die auf verschiedenen Arbeitsgebieten für gemeinsamen Wohlstand sorgen, war und ist der Götze eurer Kultur.

Wenn es erlaubt gewesen wäre, diesen Bund aufgrund von Gefühlen der natürlichen Bedürfnisse zu verlassen, wäre das Anhäufen und vor allem das Bewahren von materiellen Gütern in Gefahr gewesen. Um das zu verhindern, wurden die grausamsten Strafen erfunden. Vergesst nicht, während wir hier unsere Nachdenklichkeit in der Gelassenheit dieses Gespräches erleben, wird am anderen Ende der Welt eine Frau zu Tode gesteinigt, weil sie dem Ruf der Freiheit gefolgt ist. Vergesst das bitte niemals!

Der Dämon „Sicherheit" hat euch dazu verholfen, euren goldenen Käfig ausbruchssicher zu machen. Das Resultat dieser „Absicherungen" ist die absolute Sicherheit darüber, krank zu werden.

Je stärker die Natur an euren Fesseln zerrt, um euch zu befreien, umso mehr müsst ihr eure Anstrengungen verdoppeln, damit eure Natur nicht gewinnt.

Wenn ihr jetzt als Kinder des freien Westens sagen wollt, dass eure „sexuelle Revolution" diese mittelalterlichen Vorstellungen gesprengt hat, dann muss ich euch sagen, dass dieser Versuch ein erster, kleiner Stein war, der aus der Mauer des Altertums gebrochen wurde, aber immer noch nicht mehr.

Es stimmt, dass in eurer Welt die Feuer der Hexenverbrennungen gelöscht worden sind. Die Echos der wilden Partys sind aber verklungen und das Ergebnis hat noch immer nicht zu einer tiefgreifenden Verwandlung eurer Welt geführt. Es ist richtig, dass ihr euch am Anblick nackter Körper in euren Zeitschriften erfreuen dürft, ohne dafür ausgepeitscht zu werden. Wo aber ist eure Bereitschaft, euer gesamtes Leben mit neuen Regeln neu zu beginnen? Wo ist euer Mut, aus dem ersten Atemzug der Freiheit einen Sturm zu machen, der die Konventionen eurer tödlichen Vergangenheit beiseite fegt?

Es ist als hättet ihr ein kurzes wildes Fest gefeiert, um am nächsten Morgen mit etwas Katzenjammer das Spiel der alten Konventionen wieder aufzunehmen.

Immer noch kämpfen die Mächte der alten Gewohnheiten um euer Bewusstsein. Wie zum Trotz auf einen kurzen Tanz in Freiheit, ist der Befehl zum Konsum und zum Funktionieren noch lauter in eure Welt gebrüllt worden. Glaubt nicht, dass eure Freiheit euch alles leisten zu können, euch davon befreit hat, dem alten Dämon immer noch zu gehorchen…"

„Ich denke, dass ihr mir nun eine Frage stellen wollt…"

Heiter und ruhig hatte die Stimme diesen Satz nach einer langen Pause in die Kammer gesprochen. Heiter und ruhig hatte sie uns aufgefordert, ihr zu zeigen, dass wir unseren Weg in die Wahrheit weiter gehen wollten.

Martin sah mich kurz an und ich nickte ihm zu, dann sagte er: „Du hast uns gesagt, dass wir den Riesen „Angst" mit dem Riesen „Mut" besiegen können, indem wir an ihn zu glauben beginnen. Diesem Vorschlag kann ich in meiner Fantasie folgen. Es handelt sich dabei um innere Kräfte, die ich mit meinem Geist aktivieren kann. Wie aber ist der Dämon

„Sicherheit" zu bekämpfen? Bei ihm handelt es sich doch um sehr reale und praktische Auswirkungen in unserem Leben. Du sprichst von Wohnungen und Beruf. All das sind Gegebenheiten, aus denen unser Alltag nun mal besteht. Noch habe ich keine Fantasie in mir, wie ich den Dämon, der uns mit falschem Sicherheitsdenken fesselt, überwinden kann. Bitte zeig uns deinen Vorschlag ihn zu besiegen..."

„Martin, ich liebe deinen Respekt und deine höfliche Vorsicht, mit der du deine Worte wählst. Du bist ein Mensch aus der Zukunft.

Stell dir bitte einen Moment lang vor: Alle Menschen, die du kennst oder die dir neu begegnen, würden in jedem Augenblick ihres Lebens mit so viel Aufmerksamkeit und Vorsicht miteinander reden, handeln und leben. Das Gleiche sage ich natürlich auch dir, Maria. Ihr beide seid auf dem Weg, eine neue Kultur mit zu entfalten. Ihr und die Anderen, die hier mit mir in diesem Raum über die Wahrheit gesprochen haben, ihr alle seid auf dem Weg, ein Leben zu beginnen, das von Respekt, Mitgefühl, Achtsamkeit und Liebe getragen wird. Ich danke euch für eure Geduld und eure Bereitschaft, der Wahrheit zu ihrem Recht zu verhelfen. Nun aber möchte ich sehr gerne auf deine Frage antworten.

Du hattest die Farbe der Sorgen in deinen Worten.

Wenn du dir schon vorstellen kannst, den Riesen „Mut" mit deinem Glauben zu stärken, wie soll es bei dem so viel stärkeren Dämon „Sicherheit" gelingen ihn zu bekämpfen? Ich sage dir, warum deine Furcht bei ihm so groß ist: Weil er sich in den praktischen Handgriffen deines Lebens verbirgt. Die Handgriffe, die du jeden Tag ausführen musst um zu überleben. Du musst deinen Wagen starten, du musst zur Arbeit fahren, dort musst du gehorchen und funktionieren, du musst Frau und Kind beschützen und du, Maria, musst Kind und Mann beschützen. Wo ist in all diesen absoluten Notwendigkeiten ein Spielraum? Wo kann man auch nur einen Millimeter von den vorgeschriebenen Wegen abweichen ohne ein heilloses Chaos zu verursachen?

Ihr habt völlig Recht mit eurer Frage: Es geht um Leben und Tod. Da ist kein Platz für „Happy Free Life", sonst verhungern eure Babys, während ihr euren Rausch am Strand der Hemmungslosigkeit ausschlaft, ist das nicht furchtbar?

Es ist so ausweglos. Euer goldener Ring dreht sich langsam in eurer weißen Pyramide und hat keine Lösung... Nach all den vielen Aufforderungen, mutig zu sein und die Fesseln zu sprengen und eine neue Welt zu gründen, soll es nun an der Tatsache scheitern, dass jeden Morgen der Babybrei warm gemacht werden muss?"

Ich musste lachen. Wieder einmal hatte die Stimme ihre Provokation voll Freundlichkeit und Humor vorgetragen. Ihre Bilder schienen so ausweglos, dass Martin und ich in ungeduldiger Freude auf die Lösung warteten.

„Hör auf!", rief Martin lachend. „Ich habe schon begriffen, dass du mir meine kleinherzigen Ängste um die Ohren hauen willst, damit ich bereit bin, deinem subversiven Aufruf zur Revolution zu folgen. Bitte, sag uns die Lösung!"

Die Stimme lächelte leise als sie weitersprach: „Subversiver Aufruf", das hat noch nie jemand hier so gesagt. Ich danke dir für diese Worte. Ich werde sie in mein Repertoire einbauen.

Nun aber zur Praxis: „Es gibt einen Spruch aus der Welt der Weisen im Fernen Osten. Er lautet: „Vor der Erleuchtung: Holz hacken, Wasser tragen. Nach der Erleuchtung: Holz hacken, Wasser tragen". Ahnst du, was ich euch damit sagen will?"

Ich antwortete: „Du willst uns sagen, dass sich unser Alltag nicht auf lebensbedrohende Weise ändern wird, wenn wir dem Dämon Sicherheit keine Macht über uns geben."

„Bravo, Maria, so einfach ist es. Es ist so einfach, dass die Lösung übersehen werden muss, wenn man in einer Welt der Gehirnwäsche lebt, so wie ihr und eure „Mitbürger". Natürlich werdet ihr weiterhin arbeiten, natürlich werdet ihr das Licht ein- und ausschalten, natürlich werdet ihr eurem Kleinen einen Bären in sein Bettchen legen, was denn sonst? Eure Handgriffe werden dieselben sein, nur...

...w i e ihr sie tut, wird sich zu 100 Prozent davon unterscheiden, wie ihr sie früher getan habt, in Angst und Sorge um Sicherheit getan habt.

Auch für diesen Zustand hat es schon einmal einen klugen Satz in eurer Geschichte gegeben, aber niemand wollte ihn verstehen."

„Wie ging dieser Satz?", fragte ich und die Stimme antwortete:

„Seht die Vögel auf dem Felde, sie säen nicht, sie ernten nicht und der Herr erhält sie trotzdem." Natürlich war niemand in den letzten 2000 Jahren bereit, die Dimension dieses Satzes in euer Leben zu lassen, als Auswirkung für eure Praxis. Der subversive Aufruf zur Revolution war so stark darin, dass ihr lieber den Urheber dieses Satzes ans Kreuz genagelt habt, um danach seinen Kadaver anzubeten als seinen Gedanken Aufmerksamkeit zu schenken. Aber darüber will ich später genauer mit euch reden.

Zurück zur Praxis. In meinen letzten Sätzen hatte ich von Sex geredet und von dem Gefängnis, das ihr einander errichtet, um Sicherheit zu erhalten Ich kann eure Gedanken lesen. Ich meine die Gedanken eurer Welt, Martin und Maria. Ihr Beide seid schon sehr weit von dieser Gruppenreise entfernt. Also wagt euch bitte weiter mit mir in die Richtung, in der die Wahrheit lebt.

Kann es wirklich sein, dass ich euch aufrufe ein Leben zu leben, das eure Kinder in Gefahr bringt? Ist es wirklich so, dass ich zu freiem Sex aufrufe, der eure Strukturen zerstören kann, eure Lebensmodelle, die dazu dienen den Kleinsten und Hilfsbedürftigsten ein Leben am Abgrund der Unsicherheit zu bescheren?

Bin ich etwa ein Terrorist, ein Sektenguru, dem schnelle und unverbindliche Befriedigung seiner sexuellen Fantasien alles bedeutet?! So mag es wirken in den Ohren derjenigen, die Todespanik befällt, wenn sie den Atem der Lebendigkeit fühlen. Ist es nicht so, dass ich langsam aber sicher ein Lebensmodell entwickle, in dem es so zugeht, wie der Angstbürger sich immer schon die zügellose Anarchie vorgestellt hat?

Die Frauen bleiben mit ihren Babys wie schon vor Urzeiten daheim und die Männer, die zu wenig Sex bekommen, gehen ficken, wen immer und wann immer sie wollen?

Ja, auf diesen einfachen Nenner stützt der „kleine Mann" jeden Versuch auch nur daran zu denken, wie die Freiheit aussehen könnte. Dann sieht er Heroinsüchtige Grufties, die zu Heavy-Metal Musik seltsame Zuckungen vollführen und verwahrloste Babys, die heulend in die Kamera der Reality-TVs plärren, während sich ihre Mutter im Hintergrund einen Schuss setzt...

Seht ihr, was eure Medienindustrie mit euch macht?

Ihr lernt diese Bilder von den Randgruppen eurer Gesellschaft. Ihr ungewaschener Gestank soll euch daran erinnern, was mit denjenigen geschieht, die „ausbrechen" wollten und der „Freiheit zuliebe" auf die Pensionskasse verzichtet haben. All diese Tretminen haben sie auf einem Weg ausgelegt, der in die Freiheit führen könnte. Ihr sollt angewidert den Fernseher abdrehen und brav euren Ritualen dienen, damit euer „System" erhalten bleibt.

Niemand sagt euch, dass es einen hellen, gesunden, heiteren, liebevollen Weg in die Freiheit gibt. Niemand berichtet euch, dass gegenseitiges Verständnis die Basis ist für ein Leben in Respekt. Ihr habt immer nur die Wahl zwischen der Kontinuität eurer Gewohnheit und den Horrorbildern aus den Sperrzonen der Gescheiterten.

Ja, man kann natürlich abstürzen auf dem Weg zum Gipfel der Freiheit. Auf dem höchsten Berg der Wahrheit. Ja, wenn man keine liebevolle Unterstützung erhält, ist es möglich im Protest dieses Maß der Mitte zu übersehen und in Anarchie und Drogen abzustürzen. Genau aus diesem Grund bin ich für euch da. Ich möchte euch in Liebe und vor allem in Geduld einen Schritt nach dem anderen begleiten. Meine Gedanken sind Vorschläge, die euch die Kraft und die Entschlossenheit geben sollen, eine neue Welt zu errichten. Und darum, werde ich euch jetzt etwas zu eurer Sorge um eure Kinder sagen:

Bitte erinnert euch an die vier Stufen des Lebens.

Wir gehen mit unserer Fantasie zu den Kleinsten, die eben erst eure Sprache erlernen. Wir sehen sie in der neuen Welt, von der ich euch zu berichten beginne in warmherzigen, liebevollen Räumen aufwachsen. Ihr Vertrauen in Liebe, Nähe und Fürsorge wird mit jedem Tag, an dem sie bedingungslos geliebt werden, stärker und stärker…

Dann betreten sie mit dem Erwachen ihrer Sexualität die 2. Stufe. Es ist die Stufe der Jugend. Dort dürfen sie in einem Raum des absoluten Schutzes Erfahrungen machen, die ihnen sagen, wer sie sind und was sie wollen. In diesem körperlichen Leben, auf diesem körperlichen Planeten. Das reine Gefühl der Lust ist ihr einziger Wegweiser in diesen Jahren der befreiten Reise in die Sexualität. Was sie lernen, ist die Basis für ihre weitere Existenz. Sie lernen aufmerksam auf ihre Bedürfnisse zu hören. Sie lernen die Wünsche anderer Menschen kennen und sie lernen in Respekt und Mitgefühl mit denjenigen zusammen zu sein, mit denen dieselben Wünsche geteilt werden.

Das tiefe Gefühl der Freiheit von Zwang und Angst beginnt sich in diesen Jahren in ihnen zu verstärken. Kluge und weise Begleiter auf der 3. Stufe achten auf ihre manchmal heftigen Emotionen und führen sie immer wieder mit heiterer Hilfe auf den Weg des Respektes und des Mitgefühls. Diese Begleitung hat nichts mit dem gewohnten Bild des Erziehens zu tun, das Lebendigkeit abwürgt. Diese Erwachsenen der kommenden Welt wissen darum Bescheid, welche Wucht und Macht die Hormone in den Körpern und den Gefühlen und den Gedanken der Heranwachsenden auslösen. Anstatt zu unterdrücken und zu beschneiden, begleiten sie die jungen Menschen liebevoll und helfen ihnen auf dem Weg des Mitgefühls zu bleiben. Das tun sie immer dann, wenn der Egoismus sich auf den Thron setzen will. Wenn die Hormone den jungen Menschen zu überschiessender Kraft treiben, die über seine Partner Macht ausüben will, nehmen die erwachsenen Begleiter ihn an der Hand und ermuntern ihn voll Empathie und Respekt weiter zu leben. Diese Lenkung der wilden Kräfte ist das völlige Gegenteil der konventionellen Art wie in eurer Vergangenheit mit dem Vulkan der Jugend umgegangen wurde. In den alten Zeiten gab es nur Unterdrückung und Ausgrenzung. Energie wurde nicht zum Positiven entfaltet, sondern im Gefühl von Schuld und Sühne verkrüppelt.

Stellt euch bitte vor, dass eure Jugend in einem Feld der Freundlichkeit und Ermunterung zur Liebe aufwachsen darf. Nach einigen Jahren, in denen ihr Vertrauen weiter gewachsen ist, werden sie wissen, wer sie sind und was sie von diesem Leben wollen. Sie sind nun bereit sich der 3. Stufe zu nähern, der Stufe des erwachsenen Lebens.

Nun beginnt die Natur ihr Recht anzumelden. In der Mehrzahl der jungen Frauen gibt es in diesen Jahren einen beginnenden Wunsch Kinder zu haben. In einer nicht unbedeutenden Zahl von ihnen wird sich dieser Wunsch nicht melden. Beiden Wegen steht die Welt, in der die Menschheit eines Tages leben wird, mit liebevollen Wohlwollen gegenüber. Diese Welt lässt den jungen Frauen die Wahl. Wollen sie einen Beruf erlernen und keine Kinder zur Welt bringen, wollen sie Beruf und Kinder vereinen, wollen sie es zu ihrem Beruf machen, sich um ihre Kinder und um die Kinder von Frauen zu kümmern, die ihre Energie hauptsächlich dem Beruf widmen wollen? Erinnert euch bitte an das Bild der Mütter-Kinder Gruppen, das ich euch vorhin gezeichnet habe. Wollen sie alleine leben, mit einem Mann leben, mit einer Frau, mit mehreren Männern und Frauen?

All diese Fragen wollen jetzt, am Beginn der 3. Stufe beantwortet werden. Keiner dieser Wege ist besser oder schlechter als ein anderer.

In der Kultur eurer kommenden Welt gibt es keine Bewertungen für die Art, wie ein Mensch leben will. Es gibt nur seine Wahrheit. Diese Wahrheit kann er in Ruhe und Geduld entdecken. Dann teilt er seine Wahrheit den Menschen seiner Gemeinschaft mit. Die Menschen seiner Ebene lernen seine Wahrheit kennen. Sie können sich darauf einstellen und damit beginnen heraus zu finden, wer mit wem zusammenpasst. Es wird keine Lügen und Maskeraden geben um den Vorstellungen von Fremden zu entsprechen. Wahrheit wird Wahrheit begegnen und das wird dazu führen, dass es zu keinen Enttäuschungen kommen kann.

Beantworten wir nun die Frage, wie wir den alten Dämon „Sicherheit", in den Freund „Sicherheit" verwandeln können.

Betrachten wir zuerst die tiefsten eurer Ängste. Sie lauten: Ein Mann und eine Frau bekommen Kinder und dann trennen sie sich. Die Ernährung und die Mittel für eine warme Behausung brechen weg und der Tod durch Hunger und Kälte betritt die Szene.

Ja, dieses Schauspiel wird aufgeführt in Gemeinschaften, in denen der reine Egoismus herrscht. In einer Welt, in der verantwortungslos und unbewusst Kinder gezeugt werden, ist das eine logische Folge.

Wenn ihr nie gelernt habt, zwischen Sex und Liebe, Sex mit Liebe, Liebe, Liebe ohne Sex, Freundschaft, Freundschaft und soziale Verantwortung, Nähe und Distanz, Tag und Nacht, Freund und Feind zu unterscheiden, dann tappt ihr völlig zwingend in die Zeugungsfalle. Dann bekommt ihr Kinder mit Menschen, die ihr nicht kennt, dann glaubt ihr bleiben zu müssen, dann vegetiert ihr in Pflichterfüllung im Unglück oder brecht aus und erschafft ebenfalls Unglück.

Soweit zu eurer Gewohnheit.

In der Welt, in der eure Zukunft leben wird, wird es anders aussehen. Euer Leben!

Stellt euch vor, dass eine Frau und ein Mann beschließen Kinder zu zeugen. Es gelingt und sie haben als Ergebnis ihrer bewussten Absicht gesunde Kinder auf die Welt gebracht. Es kann sein, dass Liebe und körperliches Begehren bei diesem Mann und dieser Frau ein Leben lang vorhanden sind. Es kann sein, dass ihr Glück darin besteht, ausschließlich miteinander Sex erleben zu wollen, für ihre Kinder liebevolle Eltern zu sein und ihren Beruf mit Freude ausüben. Es kann sein, dass sie ihre Kinder zu „Kinder-Müttern" geben wollen oder aber, daß sie mit ihnen leben wollen.

Tagtäglich befragen sie sich und einander, ob diese Form des Lebens für sie die Beste ist und ob sie auf diesem Weg weitergehen wollen. Sie geben ihrer Wahrheit jeden Tag das Recht sich zu Wort zu melden. Wenn ihre Wahrheit darin besteht, auf diese Weise leben zu wollen, dann werden sie es tun.

Was aber geschieht in dem Fall, dass die Wahrheit eines Tages lautet: Die Liebe hat sich verwandelt. Die sexuelle Attraktion ist erloschen. Wir möchten mit anderen Menschen Liebe und Sex erleben?

Ja, da ist sie, die Frage auf die eure Vergangenheit nur Unterdrückung kannte. Wie könnte eine Lösung in Liebe aussehen, die in der Welt eurer Zukunft die Normalität darstellt?

Wahrheit ist die Lösung. Nichts als die Wahrheit.

Wenn ihr nach einer in Liebe verbrachten Kindheit und einer in liebevoller Freiheit verbrachten Jugend, reif genug seid, eurer inneren Wahrheit zu vertrauen, dann werdet ihr auch die Kraft haben, eure Wahrheit zu zeigen.

An dem Punkt, an dem sich in eurem Leben Veränderungen zeigen wollen. Wenn ihr nach tiefer, genauer und geduldiger Prüfung eurer Seele festgestellt habt, dass ihr keiner Laune unterliegt, wenn ihr den Mond mehrmals auf und untergehen gesehen habt- als Sichel und als Scheibe- und wenn ihr dann feststellt, dass eure Wahrheit von gestern nicht mehr die Wahrheit von heute ist, dann werdet ihr die Kraft und die Gelassenheit haben, in Liebe diese Wahrheit den Menschen zu sagen, für die ihr Verantwortung übernommen habt.

Das ist das heiligste Wort in diesem neuen Leben, das ihr in eurer Zukunft leben werdet.

Verantwortung

Das Rätsel eurer Gegenwart besteht darin, dass ihr nicht im Stande seid, Verantwortung zu übernehmen.

Woran liegt das? Es liegt an der Verspannung eurer Alltagsrealität. Wenn ihr die Wurzel eures Lebensbaumes nicht in gesunde Erde gepflanzt habt, wie könnten dann eure Früchte reif und süß werden?

Lasst mich nach dieser Frage die Antwort aus der Praxis geben.

Eure Taten, eure Gedanken, eure Bewegungen haben alle nur ein einziges Ziel – sie suchen die Wahrheit. Sie suchen wie ein Kind in einem dunklen Zimmer die Tür, die ins Freie führt. Eure so genannte Kultur gibt euch keine Hilfe, wenn es um die Frage geht: Wie lebe ich in Gesundheit die Wahrheit meines menschlichen Lebens?

Eure so genannte Kultur hat alles erfunden, was man sich nur erdenken kann, um euch abzulenken. Ihr habt alle Drogen dieser Welt, ihr habt eure Kinos, Theater, Sportveranstaltungen, Fernsehen und Castingshows. Alles, was glitzert und bunt ist und euch von euch selbst ablenken kann, habt ihr erfunden. Warum? Weil ihr euch die einzig wichtige Frage in eurem Leben nicht stellen sollt. Diese Frage lautet:

Was ist meine Wahrheit?

Wenn ihr diese Frage beantworten könnt, seid ihr zu glücklichen, entspannten, lebendigen Menschen geworden. Menschen, die keinen Lärm mehr brauchen. Menschen, die den Blick in die Augen ihres Nächsten für keinen Glitzer dieser Welt eintauschen würden. Menschen, die für jeden ihrer Schritte die Verantwortung übernehmen können. Jeder eurer Schritte wird aus der Mitte eurer Wahrheit getan werden und diese eure Wahrheit wird der Leuchtturm sein, an dessen Licht ihr euren Lebensweg bestimmen könnt.

Stellt euch bitte vor, dass ihr in einer Welt leben werdet, in der es keinen eisernen Mantel mehr geben wird, der eure Lebendigkeit unterdrückt. Dann wird es auch keine Explosionen mehr geben, die eure eisernen Fesseln zersprengen sollen. Das Eine ist das Ergebnis des Anderen. Wenn ihr die Freiheit eurer Gefühle jeden Tag aufs Neue pflegt, dann wird euch ein Leben in Wahrheit als Belohnung geschenkt werden.

Verantwortung

Dieses Wort wird euch zur Freude werden. In der Welt, in der ihr jetzt noch lebt, hat dieses Wort einen ernsten und leicht bitteren Beigeschmack. Warum ist das so?

Wenn ihr nicht eure Wahrheit leben dürft, dann wird sich eure Lebenskraft einen Durchbruch suchen, durch die hohen Mauern mit denen ihr sie einsperren wollt.

Lasst mich ein praktisches Beispiel geben: Aus Ungenauigkeit und Tradition entstanden, heiraten zwei eurer Bürger. Die Verliebtheit hat sich nicht zur Liebe entfaltet, die sexuelle Attraktion ist erloschen, der Alltag ist nicht zum Fest geworden. Beide Eheleute vegetieren trübe neben einander her. Zu irgendeinem Zeitpunkt, an irgendeinem Strand, in irgendeinem Ferienclub, überkommt sie oder ihn ein Hauch von Freiheitslust und sie erleben ein sexuelles Abenteuer, mit einem Animateur oder einem Mädchen vom Roomservice. Aus diesem „Abenteuer" entsteht eine Schwangerschaft. Die Ehe zerbricht, das „Abenteuer" hat nicht die innere Wahrheit, in eine neuen, liebevollen Bindung zu führen. Ein zusätzliches Kind wird geboren, alle Beteiligten sind unglücklich und jetzt kommt eine eurer Autoritäten und sagt: „Dies ist der Zeitpunkt, um Verantwortung zu übernehmen!"

Versteht ihr nun, warum ich euch darauf hingewiesen habe, dass „Verantwortung" einen bitteren Geschmack hat in eurer Welt?

Ihr übernehmt Verantwortung immer erst dann, wenn es

darum geht, den Scherbenhaufen zusammenzukehren, den eure Unbewusstheit angerichtet hat.

Was hält euch davon, ab vom ersten Moment an Verantwortung zu leben?

Ab dem Moment der Geburt habt ihr die Chance, dafür Verantwortung zu übernehmen, dass eure Kinder eine gesunde Kindheit erleben, eine freie Jugend und ein in Wahrheit gelebtes Leben als Erwachsener. Das ist eure Verantwortung.

Ihr habt die Verantwortung, euren jungen Menschen zu zeigen, wie sie ihr Leben in Freiheit und Würde erleben können. Jede ihrer Entscheidungen wird daraus in Verantwortung erwachsen. Für sich und ihre Nächsten.

Habt ihr Lust meinen Worten Glauben zu schenken?"

Martin und ich schwiegen.

Ich sah auf den goldenen Ring und versuchte mir vorzustellen, welcher Mensch hinter diesen Bildern und Worten lebte.

Alles, was die Stimme uns in den letzten Minuten vermitteln wollte, klang nach einer Utopie.

Die Realität der Menschen auf dieser Welt, in der Martin und ich lebten, sah so anders aus.

Hass, Mord, Gier, Lieblosigkeit, Krieg, Arbeitslosigkeit Abstumpfung, Lärm, Gewalt, Oberflächlichkeit und Kälte waren die Zutaten zu dem Brei, der sich über die Menschen jeden Tag aufs Neue ergoss und den die Menschen jeden Tag aufs Neue über ihre Nächsten ausschütteten.

Auf eine seltsame, entrückte Art und Weise schien diese Stimme diese Allmacht der Realität nicht wahrhaben zu wollen.

War dieser Gedanke von mir berechtigt?

Die Gedankengebäude, die die Stimme uns zeigte,waren nicht abwegig, sie hatten eine innere Logik. Wenn der erste Baustein richtig und gerade gesetzt wurde, dann konnte der Turm darauf errichtet werden.

Ja, es stimmt, dass die Kindheit der Schlüssel ist zu einem Leben in Freiheit und Selbstbestimmtheit. Ja, es stimmt, dass es möglich ist, dem Lebenspartner in Frieden zu sagen, dass der gemeinsame Weg ein Ende gefunden hatte. All das war richtig, aber ich hatte das Gefühl, dass die Stimme in der Utopie, die sie uns vorführte, eines vergaß: Die Unberechenbarkeit der menschlichen Wünsche.

Ich hatte das Gefühl, dass diese ideale Welt, von der die Stimme erzählte, die Farbe der Spontaneität nicht kannte. Chaos, Überraschung, Unfertigkeit, Wildheit. Wo hatten diese Bausteine des Lebens ihren Platz in der „Welt der Wahrheit"?

Ich hatte das Gefühl, dass die Sehnsucht nach einer idealen Welt die Stimme dazu verleitet hatte, diese Wahrheit auszublenden.

Konnte es sein, dass hinter diesen Hoffnungen und hellen Bildern eine tiefe schmerzhafte Erfahrung lebte?

Konnte es sein, dass da ein Mensch nach einer unglaublichen Explosion beschlossen hatte, nie wieder zu einem Streichholz zu greifen?

Ich konnte mir nicht vorstellen, dass die Wahrheit von Aggressionen keinen Platz haben sollten, in dem Wunschbild, das die Stimme uns malte. Das Leben bestand auch aus diesen dunklen Bereichen, die wir nicht voll Stolz der Welt präsentieren. Trotzdem sind sie da. Sie lauern hinter den bunten Blumen unserer edelsten Absichten. Die Frage ist nur: Können wir sie akzeptieren? Können wir uns selber vergeben, dass wir keine Engel sind? Können wir zulassen, Menschen zu sein mit Licht und Schatten in unserer Seele?

Martin atmete tief und lange ein und aus. Er sah zu mir und ich sah ein Lächeln in seinen Augen. Ich hatte das Gefühl, dass er an demselben Punkt angekommen war wie ich… der Wunsch im Paradies zu leben war so groß in uns, dass wir bis zu dieser Pyramide gekommen waren. Wir waren in die Kammer eingetreten und hatten der Stimme zugehört. Die Stimme hatte uns eine Welt beschrieben, die wie ein Paradies wirkte, aber war sie es wirklich oder war es nur ein Wunschtraum, in den man sich verlieren konnte, um sich für eine Weile von der Realität zu erholen?

„Darf ich euch sagen, dass ich eure Gedanken lesen kann?", sagte die Stimme in diesem Augenblick.

Ich musste kurz lachen und nahm Martins Hand. „Was meinst du?", fragte ich und sah auf den goldenen Ring, der sich langsam vor mir drehte.

„Euer Schweigen hat diesmal sehr lange gedauert und eure Augen waren sehr ernst und euer Blick weit nach innen gerichtet. Ich weiß, dass ihr nun an den Punkt gekommen seid, an dem eines eurer liebsten Worte sich gemeldet hat. Das Wort heißt „Zweifel", habe ich Recht?"

Ich fühlte, dass Martin meine Hand fest drückte als er der Stimme antwortete: „Ja, du hast Recht. Wir haben Zweifel, ob die Utopie, die du uns zeigst, jemals mehr sein könnte als eine angenehme Fantasie in einer weißen Pyramide mitten in der Wüste."

„Ich kenne diesen Gedanken", sagte die Stimme. „Und ich möchte euch fragen, ob ich auch etwas zu diesem eleganten Kobold „Zweifel" sagen darf?"

Ich sah zu Martin und lachte. Dann sagte ich: „Riesen, Dämon und jetzt Kobolde, was für Gesellen wirst du uns noch vorführen auf unserem Weg?!"

„Wie wäre es mit Gott?!"

Nach einem kurzen Moment mussten Martin und ich laut lachen.

„Gut", sagte ich. „Von Sex direkt zu Gott, warum auch nicht. Wir hören dir gerne zu. Das wäre doch deine nächste Frage gewesen, nicht wahr?"

„Und da ist er wieder: Marias Humor! Du machst mich sehr glücklich, wenn du ihn immer wieder zeigst. „Das Lachen ist der Ernst der Götter", ich glaube, ich hatte es schon erwähnt."

„Hast du", sagte Martin. „Bitte, berichte uns von Gott."

GOTT

„Die Frage nach Gott hängt auf das innigste mit eurem Kobold „Zweifel" zusammen. Die erste Frage in eurer Welt lautete vor vielen tausend Jahren: Wie können wir diesen unzähmbaren Wesen Ordnung bringen?

Diese Frage haben sich nicht die unzähmbaren Wesen gestellt, sondern ihre „Führer".

Es hat eine Zeit gegeben, da wart ihr an einer Weiche angekommen. Der Zug eures Lebens war lange Zeit auf einem Feld gefahren, auf dem ausschließlich die Impulse eurer Natur geherrscht haben. In kleinen, überschaubaren Gruppen habt ihr gejagt, geschlafen, einander Wärme gegeben und Angst vor Blitz und Donner gehabt.

Dann habt ihr bemerkt, dass ihr euch vermehrt. Einige von Euch haben zu denken begonnen und gesehen, dass aus der überschaubaren Horde ein riesiges Menschenmeer entstanden war. Sie hatten erkannt, dass man die Energie dieser Massen benutzen kann. So wie ein starker Wind ein Schiff in eine Richtung bläst, so konnte man die Energien der Menschen bündeln und sie verwenden. Man konnte eine Einheit aus den lebendigen, widersprüchlichen Individuen formen. Diese Einheit konnte mit gemeinsamer Anstrengung Häuser errichten, Straßen pflastern, Mauern um die Häuser hochziehen, zu Schwert und Lanze greifen und zu hunderten ihre Nachbarn töten.

Es war nur eine Frage des Werkzeuges, um aus den Menschen, die noch gestern in Freiheit gelebt hatten, eine gehorchende Masse zu schmieden.

Der Hammer und der Amboss für diese Formung der Menschen waren ein allmächtiger Gott und die Angst vor seinen Strafen. Kein Mensch hat jemals die Macht gehabt, Menschen zu seinen Dienern zu machen. Auch wenn es so aussieht, als wären Könige die Herrscher gewesen. In Wahrheit gaben sie den Menschen zu verstehen, dass sie nur die Werkzeuge einer viel höheren Macht waren. Gott war es, der die Könige und ihre Priester auserwählt hatte, die Gesetze zu verkünden, nach denen die Menschen zu einer Masse geformt wurden.

Gott hatte die Macht, Leben und Tod zu geben und diese Macht hatte er seinen Stellvertretern auf Erden überantwortet.

An diesen Verlauf der Macht von oben nach unten habt ihr euch seit 10000en von Jahren so sehr gewöhnt, dass in eurer heutigen Zeit sogar Polizisten die Macht haben, eure Lebensfreude im Sommer um 23 Uhr zu beschneiden, wenn sie euch aus euren Gastgärten vertreiben.

Dieser Scherz ist ein Sandkorn der Wahrheit. Diese Wahrheit besagt, dass vor 10.000en von Jahren die Empfindungen von Gut und Böse in euch gepflanzt worden sind. Einige Wenige haben aufgrund ihrer entwickelten Intelligenz die Inszenierung erfunden, die zu eurem Gott geworden ist. An dieser Weiche, an der ihr vor undenkbar langer Zeit angekommen seid, hätten eure Mächtigen auch ganz anders entscheiden können.

All die Visionen, die ich euch vorhin gegeben habe, all die Wege durch die Kindheit, durch die Jugend bis hin zum würdevollen Alter, all das hätte zu einem anderen Gott werden können. Dem Gott, der Liebe und der Freiheit, dem Gott der Vielfalt und des Respektes, dem Gott der Freude und der Lust, nein, diesen Weg haben eure Führer in der uralten Zeit nicht gewählt...

Ich habe euch eine Vision von einem Leben in Freiheit gezeichnet und was war eine eurer Reaktionen?

Zweifel?!

Ihr seid so sehr daran gewöhnt, dass es Freiheit nicht gibt, dass ihr wie gefangene Tiere in einem Käfig lebt, dessen Türe offen steht Ihr sitzt in der Ecke eurer Gewohnheit, ihr blickt auf die offene Tür, ihr seht die frei herumlaufenden Tiere vor eurem Käfig und ihr zweifelt, ihr könnt es nicht glauben, dass die Gedanken über ein Leben in Wahrheit zu einer realen Möglichkeit werden können. Euer Denken sucht nach jedem Strohhalm, auf dem das Wort „unmöglich" steht. Meine Vision eines Lebens in eurer Zukunft erscheint euch wie ein Kindermärchen, in dem die Realität der Erwachsenen keine Macht hat.

Ihr glaubt zu wissen, dass es „unmöglich" ist, in Freiheit und Respekt aufzuwachsen. Ihr glaubt zu wissen, dass Aggression immer ein Teil der Menschen sein wird. So viel Aggression, dass man sie unbedingt bändigen muss. Wenn man sie nicht bändigt, tötet sie, zersprengt sie euren Frieden, verführt euch zu ungezügeltem Sex, gefährdet sie eure Sicherheit, setzt sie das Chaos auf den Thron.

All das glaubt ihr zu wissen, weil es euch tausende von Jahren lang eingehämmert wurde. Ihr zweifelt an der Möglichkeit eines völlig anderen Lebens.

Die Lehre von Gott und Teufel ist so tief in eure Gedankenwelt eingepflanzt worden, dass ihr nicht einmal mehr zu träumen wagt.

Und wenn ihr den Traum eines anderen Lebens doch nicht verdrängen könnt, dann ruft eure Gewohnheit den Kobold „Zweifel".

Dieser Geist erklärt euch die Konsequenzen, die die Verwirklichung eures Traumes hätte. Er nennt euch „kindisch", „romantisch", "unseriös" und „realitätsfern"- und das alles nur, weil ihr gewagt habt, von einem Leben in Liebe und Frieden zu träumen.

Ich frage euch: Wenn eure seriöse Realität aus Krieg und Vergewaltigung besteht, und das tut sie, habt ihr dann nicht große, große Lust von dieser Realität so fern wie möglich zu sein?

„Realitätsfern" zu leben, heißt liebevoll zu leben. Helfend und voller Güte zu leben. Realitätsfern heißt die Wahrheit in jedem Augenblick über die Lust auf Macht zu stellen. Die Wahrheit der Liebe ist es, die ich meine.

Wenn ihr jetzt sagt, dass es auch eine menschliche Wahrheit ist, sich Macht und Besitz mit Gewalt anzueignen, dann sage ich euch, dass diese „Wahrheit" nur das Ergebnis eurer falschen Götter ist. Ihr habt die Strafe erfunden, im Namen Gottes, wenn Menschen Gewalt anwenden... Diese Strafe trifft aber nur eure Feinde. Ihr selbst dürft eure Gewalt anwenden, weil sie ja im Namen Gottes geschieht. Eure Gewalt dient dazu, die „falschen Götter" eurer Feinde zu besiegen. So wie eure Feinde Gewalt anwenden müssen um euren falschen Gott vom Thron zu stoßen. Erkennt ihr das Geheimnis hinter diesem Irrsinn? Das Geheimnis liegt in den Worten, denen ihr erlaubt habt, Macht über eure Gedanken zu erlangen.

Diese Worte werden zu Bildern und diese Bilder durchdringen eure Welt. Vom ersten Schrei eures Babys bis zum letzten Atemzug eurer Sterbenden glaubt ihr an die Bilder eures Gottes. Strafe und Rache waren ihre ersten groben Werkzeuge. In späteren Zeiten haben sich diese Werkzeuge etwas verfeinert. Liebe und Erlösung waren plötzlich die Verkleidungen für dasselbe Spiel um die Macht.

Warum darf ich das sagen? Ist Liebe nicht Liebe und somit ein heiliges Bild, das nicht in Frage gestellt werden darf?

Nein, das ist es nicht, wenn die Art, wie die Liebe gelebt werden soll, nicht eurer Freiheit dient. In dem Augenblick, in dem es eine Art der „Liebe" gibt, die die „Richtige" ist, begrenzt ihr die unendliche Freiheit der Seele. In dem Augenblick, in dem ihr die „falsche Liebe" eines Menschen mit Verbrennung, Ausgrenzung oder Steinigung beantwortet, habt ihr das Wort „Liebe" vergewaltigt.

Erlaubt euch bitte hier in diesem stillen Raum zu glauben, dass die Zeit der Liebe kommen wird. Sie ist in dem Augenblick zur Wahrheit geworden, in dem ihr sie nicht mit eurem Zweifel erstickt

Lasst hier in diesem geschütztem Raum den Geist der Freiheit fliegen. Stellt euch vor, dass es eines Tages eine Welt geben wird, in der es eine Tugend sein wird, den Nächsten zu befreien.

Freiheit wird die Währung sein, die ihr einander schenken werdet. Freiheit von den Gedankenbildern eurer Vergangenheit. Allein der Gedanke an eine Welt, in der die Gelassenheit von Menschen den Alltag formt, die einander so „lassen" wie sie sind, allein dieser Gedanke erschafft eine Kraft , die am Anfang eurer neuen Welt steht.

Am Anfang war das Wort, das hat man euch gesagt, in eurer Freiheit liegt die Wahl des Wortes, die Wahl der Wörter, die die Grundsatzerklärung eurer neuen Welt werden können.

Jetzt stelle ich euch eine einfache Frage: Glaubt ihr, dass Gott euch seine Gebote gegeben hat? Glaubt ihr, dass Gott seinen

Gedanken Ausdruck verliehen hat in Büchern und Schriften? Glaubt ihr, dass Gott zu irgendeinem Zeitpunkt seine Wahrheit in eure Hände gelegt hat?!"

Ich musste lachen, da die Stimme im Lauf dieser drei Fragen immer lauter und pathetischer zu sprechen begonnen hatte.

„Nein, das glaube ich nicht!" antwortete ich laut und deutlich.

„Aber Gott hat seinen Willen doch klar und unmissverständlich ausgesprochen und es wurde daraufhin in Stein gemeißelt. Gott hat an anderer Stelle seinen Erzengel Gabriel die Worte überbringen lassen, die auf ewig gelten sollen?!"

„Ich weiß, worauf du hinaus willst", lachte Martin und sah mich an.

„So, das weißt du… Dann sprich zu mir, der Stimme des goldenen Ringes. Zu mir, der ich euch sehen und hören kann und sogar eure Gedanken erkenne – sprich!"

„Du willst uns sagen, dass „Gottes Wort" immer nur Menschenwerk war, sonst nichts.".

Nach einer langen Pause, sprach die Stimme ruhig weiter: „Du weist Martin, dass es Zeiten und Orte gegeben hat, in eurer Geschichte, in denen du für deinen letzten Satz getötet worden wärest."

„Ja, das weiß ich."

„Und du weißt, dass es Orte, Länder und Menschenansammlungen gibt, jetzt, in diesem Augenblick, wo du auch heute
für so eine Häresie getötet wirst."

„Ja, das weiß ich."

„Und du denkst, dass das in Ordnung ist?"

Martin lachte: „Nein, ich denke, dass das ein schwerer Fehler ist."

„Was genau? Dich zu töten oder die Tatsache, dass alle Bücher Gottes auf diesem Planeten, die Bücher von Menschen-
hand sind?"

„Ich denke, dass beides sehr schwere Fehler sind."

„Aha...", sagte die Stimme. „Gehen wir einen Schritt weiter.
Wir alle drei in dieser Kammer glauben, dass Gott nichts jemals selbst geschrieben hat. Was aber ist mit seinen Offen-
barungen und seinen Propheten, durch die er uns sein Wissen zukommen ließ?"

Ich fühlte, dass der Geist, der durch diesen goldenen Ring
sprach, uns wie immer Schritt für Schritt zu einer Einsicht
führen wollte. Er tat dies wie schon zuvor mit langsamen
Schritten, die am Ende keinen Ausweg offen ließen.

Ich antwortete nach einer Pause: „Ich glaube, dass es Menschen gegeben hat, die von dem tiefen Gefühl durchdrungen
waren, dass Gott ihnen selbst oder durch einen Engel seine

Wahrheit mitteilt."

„Ich verstehe", sagte die Stimme. „Wie lange sind diese letzten Durchsagen jetzt her?"

„Einige hundert Jahre und 2000 Jahre und noch länger", antwortete Martin.

„Ich verstehe", sagte die Stimme. „Dies sind ja dann wirklich die aktuellsten Ansagen für die Fragen unserer Zeit, verstehe."

Martin lachte. „Darf ich dich bitten, dass du uns wie immer einfach deine Gedanken mitteilst. Ich sehe, wohin dein Spiel uns führen soll, aber Maria und ich wollen lieber schneller zu deinem Endpunkt kommen. Also bitte, lass das Frage und Antwortspiel aus und rede zu uns."

„Deine Worte sind von Ungeduld gezeichnet," begann die Stimme weiter zu sprechen. „Aber ich muss dir mit Shakespeare sagen, dass „Geduld die heiligste aller Leidenschaften ist".

Nun gut, dann werde ich euch die Gedanken nahebringen zu denen wir, in unserem Kreis gekommen sind. Wir werden etwas später über das Wort „Offenbarung" reden. Zuerst sollten wir aber folgendes feststellen: Gott hat niemals, zu keinem Zeitpunkt und zu keiner Gelegenheit zu den Menschen gesprochen. Er hat auch keine Vermittler geschickt, die seine Gedanken überbracht haben. Obwohl auf diese, meine Gedanken in einigen Teilen der Welt die Todesstrafe steht, spreche ich sie aus.

Es kann sein, dass ihr eben jetzt einen Impuls der Heiterkeit verspürt...

Dieser Impuls kommt daher, weil ihr in einer Welt aufgewachsen sein, die nicht mehr in archaischer Form an Gott und seine Worte glaubt.

Euch ist es erlaubt, freie Gedanken zu haben. Ich frage mich, wann ihr und die Menschen eurer Gemeinschaft endlich damit beginnen werdet, diese Freiheit auch zu würdigen. Wenn ich ungeduldig wäre könnte ich fragen, wie viele Geschenke der Befreiung ihr noch braucht um euch der Verantwortung eurer Freiheit bewusst zu werden.

Wann werdet ihr damit beginnen, die neuen Vorschläge für eine neue Zeit so nieder zu schreiben, dass sie zu heiligen Ratschlägen für eine kommende Menschheit werden?!

Ich aber bin nicht ungeduldig und darum möchte ich euch zeigen, wie es soweit kommen konnte, dass ihr ein Theaterstück für die Wahrheit halten konntet.

Jedes „Wort Gottes" ist nichts anderes als ein gut gemachtes Theaterstück für ein uninformiertes Publikum. Je niedriger der Informationsstand der Gäste, umso einfacher sind die Mittel, mit denen man sie glauben machen kann, „Gott wäre anwesend".

Lasst mich dazu eine kleine Geschichte erzählen: Im alten

Ägypten gab es einen Krokodilgott. Dieser Gott hatte seinen Tempel im Süden Ägyptens. An einer Stelle, an der der Nil ein Knie macht.

Warum?

Die Ägypter waren in ihrem Jahreszyklus von Saat und Ernte abhängig von der Nil Flut. Sie hat den Schlamm auf die Felder gebracht und sie dadurch jedes Jahr aufs Neue fruchtbar werden lassen. Es war also von größter Bedeutung zu wissen, wann die Flut kommen würde, um das Saatgut bereit zu halten.

An diesem Knie, das der Nil an einer bestimmten Stelle im Süden machte, lag der Tempel des Krokodilgottes. Der Ort hieß Komombo. Der Tempel war deswegen an dieser Stelle gebaut worden, weil die Krokodile zwei Tage vor der heran rollenden Flutwelle, die sich an diesem Knie staute, bei Komombo an Land gingen. Das war das Zeichen, sich auf die Flut vorzubereiten. Dieses Naturwissen benutzten nun einige Männer, die die Geduld gehabt hatten, dieses Schauspiel der Natur in seiner Regelmäßigkeit zu erkennen. Sie wurden zu Priestern des Krokodilgottes.

Bis hierhin klingt die Geschichte nach einer durchaus vernünftigen Sache. Einige Mitglieder einer Gemeinschaft setzten ihr Wissen dafür ein, die Ernährung der Gruppe zu sichern. Die Geschichte geht aber weiter.

Die Priester haben erkannt, dass die Menschen, die nicht in Komombo lebten, keine Ahnung hatten, wieso die Priester ihnen die kommende Flut so regelmäßig voraussagen konnten. Dieses Staunen und diese Ehrfurcht gab den Priestern eine Idee: Es war der Krokodilgott, der ihnen und nur ihnen die Gabe der Prophezeiung geschenkt hatte. Das beeindruckte die Bauern weiter nördlich zutiefst. Sie hatten Leute in ihrem Volk, durch die der Krokodilgott sprach, ein göttliches Wunder, mitten im Süden Ägyptens.

Die logische Frage lautete also, wenn der Krokodilgott so nett ist und die Flut prophezeite, vielleicht könnte man ihn ja auch noch bei anderen Themen um Rat fragen: Gesundheit, Finanzen, Hausbau, Eifersucht, Krieg und Frieden. Die Menschen waren sich sicher, dass der Krokodilgott auch auf diese brennenden Fragen eine Antwort hatte. Also pilgerten sie zu dem Tempelbrunnen in Komombo und stellten den Priestern ihre Fragen. Diese beugten sich über den Brunnenrand und gaben die Fragen weiter an den Gott.

Und nach einem Moment der Spannung, antwortete der Krokodilgott auf die Fragen aus der Tiefe des Brunnens.

Die Menschen fielen auf die Knie und priesen den Mächtigen. Aus Dankbarkeit für diese Vermittlung und ihre Fähigkeit mit dem Gott zu sprechen, ließen sie in den Lagerhallen des Tempels reiche Gaben an Getreide, Gold, Silber, Tieren und Brennholz. Ja, das ist die wahre Geschichte des Krokodilgottes aus Komombo in Ägypten. Noch Fragen?"

Ich musste lachen und sagte: „Die Wahrheit bitte."

„Welche Wahrheit? Ein Gott hat gesprochen. Das hat zu

genügen, Ungläubige!"

„Wie hat er gesprochen, oh du mein goldener Ring."

„Für diesen Ausflug in deinen Humor werde ich dir gerne die Wahrheit hinter der Wahrheit verraten. Von einem der Tempelgebäude führte ein 30 Meter langer unterirdischer Gang zu dem gemauerten Brunnen. In ungefähr zehn Metern Tiefe mündete er in ein Loch in der ausgeschachteten Brunnenwand. Die Krokodilpriester bezogen dort ungesehen Stellung und konnten mit dröhnenden Stimmen aus der Tiefe auf die Fragen ihrer Kollegen am Brunnenrand antworteten. Die Echowirkung des gepflasterten Brunnenschafts muss dabei einen enormen Spezialeffekt nach sich gezogen haben. Ja, so war das mit „Gottes Wort" zu dieser Zeit, an dieser Stelle."

Nach eine Zeit der Stille sagte Martin: „Du willst uns wissen lassen, dass es immer nur eine „Stimme hinter dem Vorhang" war, wenn wir Gott gehört haben?"

„Ja, genau, das will ich euch sagen. Und ich will euch noch etwas in Erinnerung rufen: Glaubt nicht, dass ihr weiser, klüger, weiter oder besser seid als diese Bauern vor 4000 Jahren.

Das Theater ist in all den Jahrtausenden dasselbe geblieben. Die Texte und die Kulissen haben sich ein wenig dem Zeitgeist angepasst. Das ist aber auch schon alles. Das Prinzip hinter diesen Lügen eurer Gottesgeschichten ist das Gleiche geblieben. Eine Hand voll „Eingeweihter" hat das Unwissen der Masse benutzt um die Masse zu manipulieren. Ob die Stimme Gottes nun aus einem Brunnen dringt, durch das Prasseln eines brennenden Dornbusches ertönt oder von Erzengel Gabriel diktiert wird, die Autoren waren immer nur Menschen…"

„Ich verstehe deinen Hinweis", sagte ich. „Aber lass mich bitte eine Frage stellen."

„Gerne, Maria."

„Selbst wenn nicht Gott der Autor war, sondern ein Mensch, der sich von einem Showeffekt Autorität für sich selbst erhofft hat. Was ist an diesem gut gemeinten Versuch so falsch? Ist es denn nicht egal, wer den Satz „Du sollst nicht töten" verfasst hat? Die Aufforderung an und für sich ist es doch wert, mit allen Mitteln in das Volk gebracht zu werden. Wenn es angeblich Gottes feuriger Finger war, der seine eigenen Worte in Stein gegraben hat, na gut, dann vertieft dieser Effekt eben die Wirkung. Was ist daran so schlecht?"

„Meine Maria, ich mag deinen Humor und ich mag deine ehrliche Hoffnung. Diese Hoffnung sagt dir, dass das Theater in Ordnung ist, wenn das Publikum nur etwas dabei lernt, ist es nicht so?"

„Ja, so kann man es sagen."

„Dann lass mich dir bitte noch etwas sagen: Du hast Recht. Ja, wundere dich nur, ich gebe dir Recht. Es ist sehr schön, wenn Menschen lernen, einander keine Gewalt anzutun. Wie sie es lernen, sollte dabei tatsächlich Nebensache sein. Paracelsus hat gesagt: „Was heilt, hat Recht". Also, wohin will ich dann mit meiner Kritik?

Ich verstehe dich. Es ist doch eigentlich alles gut. Wo ist das Problem?!

Das Problem, Maria, liegt darin, dass die feurigen Worte nichts genützt haben. Niemals und zu keiner Zeit haben die Gebote und Verbote Mord und Tod verhindert, Betrug nicht stattfinden lassen und Lügen in Wahrheit verwandelt.

Wie konnte das geschehen? Bei so einfachen Texten? „Du sollst nicht stehlen" – geht es noch einfacher? Sicher geht es noch einfacher: „Go for it", "Keep smiling", „Yes, we can". Es geht immer noch einfacher, wenn du dich auf die Suche machst, nach dem einfachsten aller Sätze, der die Fähigkeit hat, den allgemeinen Durchschnitt einfachster Menschen zu erreichen.

Du erreichst sie auch für eine Sekunde als Showeffekt, aber es hat keine Konsequenzen. Wenn diese aller einfachsten Sätze so magisch wären, wie sie scheinen, dann hätten wir seit tausenden Jahren das Paradies auf Erden.

Du sprichst den magischen Satz, alle hören ihn, alle folgen ihm und schon wird nie wieder ein Dieb etwas stehlen. So einfach müsste es sein, noch dazu, wo diese einfachen Sätze doch direkt von Gott kommen. das Ergebnis ist, dass wir „doch nicht können".

Warum ist das so?

Weil diese Gebote, und vor allem Verbote, eines nicht tun: Sie beachten nicht die Wahrheit der menschlichen Natur. Sie helfen der Seele nicht wirklich auf eine hohe Stufe zu kommen. Die Stufe, auf der es undenkbar ist zu töten, zu stehlen und zu betrügen: Das wäre die Hilfe, die aus Gottes Wort zu uns kommen könnte, wenn er jemals Lust verspüren sollte, tatsächlich zu uns zu sprechen. Dann könnte er Sätze sagen, die in ihrer Wahrheit die Macht tragen, unsere Seelen zu erleben. Weit über den Sumpf unserer Unzulänglichkeiten hinaus, in denen wir „des Nächsten Weib" begehren.

Du hast also einerseits Recht Maria, wenn du meinst, Mord und Tod zu untersagen sei eigentlich grandios. Du hast nicht Recht, wenn du meinen solltest, dass das Verbot etwas Entscheidendes bewirkt.

Lasst mich etwas sehr einfaches dazu sagen: Je weniger Druck ihr auf ein lebendiges System ausübt, desto weniger muss es explodieren um sich zu befreien. Wenn ihr der menschlichen Natur das Recht auf ihre Wahrheit gebt, dann habt ihr die größte Chance, ein Zusammenleben des Menschen in Frieden und Harmonie zu ermöglichen. Ich kann euch auch das größte Problem benennen, dass einer Heilung scheinbar im Wege steht. Es ist das Phänomen der „Erstverschlimmerung".

Stellt euch vor, dass ihr eine Gruppe von Menschen über lange Zeit misshandelt und unterdrückt habt. Ihre wahren Bedürfnisse wurden ignoriert, ihre Lebendigkeit, ihre Kraft, ihre Sexualität beschnitten. Nun kommt ein freundlicher Mensch und spricht die Worte: „Ich befreie euch von eurer

Unterdrückung und schenke euch die Freiheit". Mit diesen Worten öffnet er die Tore des Gefängnisses und setzt sich auf eine Gartenbank um zu beobachten, was nun geschieht.

Nein, diese Gefangenen kommen nicht in weißen Gewändern herausgeschlendert, sie bringen keine Blumenkränze und spielen auch nicht fröhliche Lieder des Dankes.

Sie werden das tun, was alle Wassermassen tun, wenn in ihrem Damm ein Loch entsteht. Sie drücken und drängen und explodieren. Als erstes muss die aufgestaute Energie in einer Eruption nach alle Richtungen hemmungslos über alle Grenzen brechen: Wild, ungezügelt und rücksichtslos werden die Unterdrückten Wesen die Freiheit an sich reißen und erst einmal missbrauchen. Das wird einige Zeit dauern, aber nach einer Weile ist der Druck verflogen und dann hat der gesunde und nicht erzwungene Friede seine Chance. Dann erst… nach einer Weile.

Die Tage der Guillotine waren keine schönen Tage, aber sie waren leider zu verstehen nach all der Unterdrückung davor, und nach einer Weile hat sich die Gewalt verbraucht und die Gedanken von Freiheit, Gleichheit und Brüderlichkeit durften gedacht werden.

Danach, nach dem Ausbruch des Vulkans.

Warum weise ich euch so nachdrücklich auf diesen Ablauf hin?

Weil er ein erschreckender, aber ein gesunder Vorgang ist.

Die Mächtigen wissen sehr genau, was sich abspielen wird, wenn sie nur eine Sekunde lang die Tore öffnen sollten.

Selbst, wenn einige von ihnen klug und menschenfreundlich sein sollten; die Angst vor dem Ausbruch, der vor der Gesundung steht, lässt sie die Unterdrückung fortsetzen.

Seit uralten Zeiten haben sich die zwei Lager der Menschen in diesen Teufelskreis verstrickt. Die zwei Lager sind schnell benannt, es sind die Mächtigen und die Ohn-Mächtigen. Es sind diejenigen hinter den versperrten Toren und diejenigen, die den Riegel vorschieben. Diese Aufteilung der Menschheit in oben und unten, wissend und unwissend, schwach und stark ist in den uralten vergangenen Tagen festgeschrieben worden. Das ist die Wahrheit.

Es war niemals Gottes Wort, dass die Mächtigen, die Priester, die Führer notiert haben. Es war eine Gesetzgebung um für Ruhe zu sorgen, für eine Ordnung zu sorgen, die den Mächtigen ihren Platz sichern konnte. Die Form dieser Macht wurde dabei sehr intelligent gewählt. Kein Hollywoodregisseur könnte besser manipulieren. Die Form hatte einen Namen – er lautet: Angst.

Vor den Gewalten der Natur hatten Menschen immer Angst: Blitz, Donner, Flut, Erdbeben, Seuchen, Hunger- all das war die alltägliche Bedrohung des Lebens. Wenn es nun gelang Gott und seine Macht mit diesen Gewalten zu verknüpfen, dann hatte man die Urangst der Menschen in die Angst vor Gott verwandelt. Danach war alles Weitere nur mehr eine Variation. Wenn es einmal gelungen war eine Hungersnot als logische Folge von Verbrechen gegen Gott darzustellen, dann war es nur eine Frage der Zeit bis sich die Menschen aufgerufen fühlten, Gott zu gehorchen und zu dienen.

Wie aber gehorcht man Gott? Wie dient man ihm, wenn man sich in einigen Teilen der Welt nicht einmal ein Bild von ihm machen darf?

Ganz einfach, man dient und gehorcht seinen Vermittlern. Man gehorcht den Leuten am Brunnenrand, wenn das böse Krokodil zu fauchen beginnt.

Die Intelligenten hatten zu allen Zeiten begriffen, welches Theater nötig ist, um die Tölpel zu beeindrucken. Und wenn sich die Götter von Krokodilen auch zu Päpsten, Patriarchen und Imamen verwandelt haben, ihr Theater hat immer noch denselben Hintergrund: Die Macht erkennen und die Macht erhalten, am besten durch: „Die Macht vererben".

Nun, wenn ich die Bauern schon soweit habe, dass sie an meine Position als Vermittler zwischen Gott und den Menschen glauben, dann packe ich sie doch zuallererst an ihrem natürlichsten Bedürfnis, ich packe sie beim Sex.

Wie kann ich Macht über einen Menschen gewinnen? Ich verunsichere ihn. Wie verunsichere ich ihn? Indem ich ihm sage: „Hör auf zu atmen, die Luft ist vergiftet! Ich sage dir, ob, wann, wo und mit wem du atmen darfst."

Habt ihr soeben gelacht oder habe ich mich da verhört? Niemand käme auf die Idee, sich das Atmen verbieten zu lassen.

„Ich muss atmen, das ist das natürlichste von der Welt", höre ich die Menschen sagen, die überleben wollen. Ihr kennt meinen nächsten Satz: „Und den Sex lasst ihr euch verbieten? Oder so einschränken, dass er nur dann erlaubt ist, wenn er der Zeugung von Kindern dient? Seid ihr wahnsinnig? Nein, das seid ihr nicht. Ihr seid nur verunsichert, weil euch die Botschafter Gottes gesagt haben, dass Sex verwerflich ist. Sie haben euch eingeredet, dass Frauen unrein sind. Nicht nur einmal im Monat, sondern generell. Frauen sind die Boten des Teufels, der mit der Schönheit der Frauen brave Männer verführen will feuchten Sex zu haben.

Glaubt nicht, dass ich vergangene Zeiten beschwöre. Diese Glaubensbilder leben immer noch. Sie haben in den Religionen des Westens ihr Unwesen getrieben und sie herrschen auch heute noch in der Religion, die niemand zu kritisieren wagt, damit er nicht auf die Liste der zu Tötenden gesetzt wird

Seht ihr, in welchem Ausmaß die Mächtigen sich in euer Denken und Fühlen eingenistet haben? Wenn ein junger Mensch sich bei seinen ersten, zart beginnenden sexuellen Gefühlen unrein und sündig fühlt, dann habt ihr ihn in der Falle,dann ist die Unsicherheit sein ständiger Begleiter geworden. Seine Sexualität wird ihn ständig auffordern, am Leben zu sein. Sein Schuld- und Sündendenken wird ihn ständig in die tiefsten Gewissenskonflikte stürzen.

An dieser Stelle erlebt dann die Macht eurer Führer ihr Haupt. Sie lassen euch wissen, dass ihr unwert seid, schuldig und verdammt. Der einzige Weg, nicht sofort die Hölle zu müssen, besteht darin, den Gehorsam noch zu erhöhen.

Bitten um Vergebung, Buße und Gehorsam sind die Hilfsmittel, die euch vielleicht von der Spur in den Untergang kurzzeitig erretten können. Nein, das ist nicht ein Sittenbild von Gestern, nur die Kostüme haben sich geändert.

Warum?

Ihr habt die Stafette der Unterdrückung einfach weitergereicht, bis in unsere Tage, bis in unsere Politiker, unsere Alltagsrituale, bis in die Amtsstuben, Finanzämter und Büros.

Die Unterdrückung hat sich in die Maske des biederen Kleinbürgers verwandelt. Der Mensch hinter dem Bürotisch, der über euren Arbeitslosenunterstützungspapiere den Stempel kreisen lässt ist die harmlos wirkende Ausgabe eines Inquisitors der guten alten Zeit. Die alte Zeit, in der ein falsches Wort genügt hat, um verbrannt zu werden oder zumindest verbannt.

Noch vor einigen Jahren hat ein Witz über den Mächtigen genügt, um im Gefängnis zu landen. Heute genügt ein Nichtgehorchen in der Arbeitshierarchie um gemahnt zu werden und letzten Endes in der Verbannung der Arbeitslosigkeit zu landen.

Wenn ihr jetzt denkt, dass es eben einer gewissen Disziplin bedarf ohne die „alles aus dem Ruder laufen würde", dann habt ihr den Beweis dafür, wie weit sich die Matrix der Unmenschlichkeit bereits in eurem Denken festgesetzt hat.

„Gott sei Dank, hat es mich nicht getroffen", denken die meisten, wenn ein Arbeitskollege von einem Tag auf den anderen nicht mehr erscheint.

Angst, Feigheit und Anpassung, das sind die Gewürze, die sie euch in eure Lebenssuppe gestreut haben und der Sack ist zu, wenn ihr am Abend doch glaubt, dass ihr „frei" seid, weil ihr doch immerhin zwischen 53 Kanälen im Sat-TV wählen könnt.

All das hat seinen Anfang vor tausenden von Jahren genommen und ist seitdem nur perfekter und perfekter in der Ausführung geworden.

Immer noch glaubt ihr das Wort Gottes zu hören, wenn euch einer der Mächtigen erklärt, warum euer Leben immer bedrohter wird.

Weil ihr „Opfer" bringen müsst, um keine „Opfer" zu werden.

Seht ihr den uralten Mechanismus? Die Verteilung der Rollen ist seit tausenden von Jahren dieselbe geblieben, gewechselt haben nur die Kostüme.

Das erste Wort, das ihr erkennen sollt, ist das Wort „Angst". Dieses Wort kann man mit einigen wenigen Handgriffen in eurem Wesen einsetzen.

In den ersten Zeiten eures Lebens seid ihr verwundbar. Ihr braucht Schutz und Geborgenheit. Wie jedes junge Tier habt ihr Angst vor dem Unbekannten. Das ist der Moment, in dem die Autoritäten in eurer Gemeinschaft zuschlagen. Sie bestätigen diese Angst. In euren Schulen, in euren Prüfungen, in euren Wettkämpfen. Ihr lernt, dass es Strafe nach sich zieht, wenn ihr die gestellten Aufgaben nicht erfüllt. Ihr lernt, dass ihr nichts wert seid, wenn ihr nicht als Erster durch das Ziel geht. Ihr lernt, dass euch kein Lächeln geschenkt wird, wenn ihr versagt.

Davor bekommt ihr Angst. Die Angst, verloren zu bleiben setzt sich in euch fest. Ihr habt miterlebt, dass die Sieger gefeiert werden und die Verlierer einsam enden. Das ist die Wahrheit eurer Gesellschaft.

Es ist nicht von Bedeutung, dass es unter 10.000 nur einen Sieger geben kann. Die Tatsache, dass alle anderen ebenfalls Menschen sind, mit Gefühlen, Herzen und Sehnsucht nach Liebe, tut nichts zur Sache. Sie bleiben im Schatten. Davor habt ihr Angst. Unendliche Angst.

Nun gibt es aber Millionen von euch, die niemals Sieger sein werden. Was soll aus ihnen werden? Das Gefühl ihrer Minderwertigkeit haben die Mächtigen tief in ihnen eingegraben. All die Verlierer sind an dem Punkt angekommen, an dem sie dankbar sind, wenn sie überhaupt noch mitspielen dürfen. Sie sehnen ich nach einem Leben mit garantierter Grundausstattung.

Sie sind dankbar für einen sinnlosen Job, dankbar für ein Gehalt, das ihnen hilft einigermaßen über die Runden zu kommen. Und wenn sie ihren Job verlieren, dann ist ihre Angst vor dem Verhungern so übermäßig, dass sie still halten und nicht auffallen wollen, solange ihnen der Staat aus Gnade das Überleben bezahlt. Die Angst aufzufallen prägt jeden eurer Schritte.

Vom ersten Tag an wird euch in euren Schulen beigebracht, dass ihr gehorchen müsst und dass ihr nichts Besonderes seid. Wenn ihr stört, müsst ihr zur Strafe noch länger im Käfig bleiben. Was man euch beibringt ist ganz einfach: „Du bist nichts Aussergewöhnliches, du bist nur eine Nummer, verhalte dich so angepasst, wie wir es dir vorschreiben, dann darfst du an unseren Wettkämpfen teilnehmen. Dort wirst du erfahren, dass du tatsächlich nichts Außergewöhnliches bist. Diese Einsicht wird dich demütig machen und bescheiden".

Ja, das sind die ersten Lernschritte eurer Kinder um zu erfahren, wie eure Welt funktioniert. Auch wenn ihr in einem Heim von eurer Mutter in den ersten Zeiten noch Wärme erlebt habt, von eurem Vater vielleicht Geborgenheit, spätestens mit eurem Eintritt in die Schule müssen auch sie zu Fremden werden, die euch antreiben. Sie sind ebenfalls von der Angst getrieben, dass ihr Totalversager seid und um das zu verhindern, spornen sie euch an. Sie sind nicht mehr die Raststation in eurer irrsinnigen Welt, die sie euch noch in den ersten Jahren waren. Sie sind zu Komplizen geworden der Autoritäten, die eure Gesellschaft führen. Wenn ihr mit schlechten Noten nach Hause kommt gibt es kein Lächeln, es gibt Ermahnungen, Strenge und Kälte. All das soll euch Angst machen. Angst davor, bei dem nächsten schwachen Ergebnis noch mehr Lieblosigkeit zu erfahren.

Also bemüht ihr euch, also verdoppelt ihr eure Anstrengungen um wenigstens den Durchschnitt zu erreichen. Wenn ihr es dann schafft im Mittelmaß zu landen, dann werdet ihr wieder etwas Lob ernten. Dieses Lob wird verbunden mit der Ermahnung, nicht nachzulassen. Ihr seid in einer nichtendenden Mittelstation gelandet. Im Mittelmaß.

Ganz nach vorne schafft ihr es nicht und um den Absturz zu verhindern, sind eure Kräfte gerade gut genug, wenn ihr euch täglich aufs Neue anstrengt.

Angst vor dem Abgleiten ins Nichts ist die tägliche Peitsche, die euch vorwärts treibt, um zu funktionieren.

Wenn dieser Mechanismus in euch tief verankert ist, dann seid ihr dafür bereit, euer ganzes Leben in diesem Spiel zu verbringen.

Es ist nur logisch, dass diese Menschen, die wie Automaten funktionieren, im Lauf der Jahre frustriert werden. Die Reste an Lebendigkeit in euch zucken noch hie und da und suchen den Weg ins Freie.

Um dieser Frustration ein wenig den Druck zu nehmen, haben eure Mächtigen die Unterhaltungsindustrie erfunden. Es beginnt mit den einfachen Hilfsmitteln. Seit ewigen Zeiten haben die Menschen den Alkohol benutzt, um sich „ein wenig zu entspannen". Dieses Rauschmittel ist eine billige Lösung, um die Frustration der Monotonie ein wenig zu betäuben. Haschisch ist auch eine willkommene Variante und beide Drogen haben ihre Liebhaber.

Im freien Westen habt ihr sogar die Möglichkeit, zwischen beiden Drogen zu wählen. Was für ein Fortschritt.

In den alten Zeiten war die Christenheit der Droge Alkohol verbunden und die Welt der Moslems erfreute sich an Haschisch. Gegenseitig bezeichneten die religiösen Führer die Droge der gegnerischen Religionspartei als Teufelswerk. Das sollte der eigenen Mannschaft das Gefühl geben, auf der richtigen Seite zu stehen. Obwohl ihr im freien Westen euch Haschisch im Hinterzimmer besorgen könnt, steht seine Verwendung immer noch unter Strafe. Bei euren Brüdern im Osten gibt es für einen „Scotch on the Rocks" genügend Peitschenhiebe, um damit schnell wieder aufzuhören.

Nun seid ihr also in eurer Freizeit auf das Angenehmste eingelullt durch „Baileys" und „Cookies" und sucht „Zerstreuung".

Was für ein Wort „Zerstreuung". Stellt euch eine schöne, gesunde Gruppe von Lebewesen vor. Sie gehören zusammen und geben einander durch ihren Zusammenhalt Kraft. Das ist euer Wesen, eure Energien in eurem Körper und eurem Herzen und Geist. Diese Energien sind wie eine Gruppe von schönen lebendigen Tieren, die zusammengehören. Sie sind stark in ihrer Gemeinschaft: Warm, elastisch und voll Kraft. Dann kommt jemand mit Trompeten und Pauken und macht Lärm. Ihr wisst, was geschieht. Die Tiere erschrecken und rasen auseinander, sie „zerstreuen" sich. Diese „Zerstreuung" zerstört ihre Kraft. Die Kraft, die aus ihrer Gemeinschaft bestanden hat, wird zerlegt.

Genauso ergeht es euren Energien. Wenn ihr euch ablenkt, um euch zu „zerstreuen".

Das Ergebnis eurer Freizeit sieht meistens so aus, dass ihr danach erschöpfter seid als zuvor. Ihr habt alles getan, um euch Kraft zu rauben. Eure Ablenkungskultur hat mit allen Farben und Tönen ganze Arbeit geleistet. Der Rausch eurer Drogen muss von eurem Körper wieder geheilt werden, das kostet Energie. Der verlorene Schlaf, den ihr irgendwelchen Wettkämpfen oder Partys geopfert habt, muss wieder eingeholt werden. Und die Frustration, dass euch all der Lärm nicht wirklich glücklicher gemacht hat, zehrt ebenfalls an euren Energien.

Am Wochenanfang braucht ihr mindestens einen Tag, um euer System neu zu starten und die Beschädigungen wieder auszugleichen.

Dann seid ihr einige Tage im Modus des Mittelmaßes arbeitsfähig und dann greift wieder die Frustration nach euch, die das Ergebnis eurer Monotonie ist.

Ihr werdet ungeduldig und könnt es kaum erwarten, das Ende der Sklavenwoche kommen zu sehen. Dort wartet das kalte Bier und die Drogen und die Ablenkung von den ewig gleichen Ritualen.

So, liebe Maria und lieber Martin. Ich denke, ich weiß, was euer Schweigen zu bedeuten hat, aber ich höre mir gerne eure Kritik an meinen letzten Gedanken an."

Ich atmete tief durch. Martin saß ernst neben mir und blickte zu Boden. Ich spürte, dass er nichts sagen wollte, also begann ich zu reden.

„Du stellst uns wirklich auf eine harte Probe", sagte ich und sah, dass Martin zustimmend nickte.

„Wir sind in diesen Raum gekommen um Wege und Gedanken kennen zu lernen, die uns dabei helfen können, ein glückliches Leben zu führen."

„Aber-?"

Die Stimme klang freundlich und geduldig, wie immer, wenn Martin oder ich Einwände hatten.

„Aber das, was du da eben gesagt hast, klingt für uns wie die Verweigerung von Freude, Lebendigkeit und einfach nur Spaß. Du magst Recht haben, wenn du unser „System" als ein System beschreibst, das Menschen dazu bringt, Leistung zu liefern. Aber das wirst du in allen „Systemen" der Natur finden. Selbst jedes Tier lernt von seiner Gemeinschaft wie es jagen muss um zu überleben. Wir Menschen sind auch Tiere, die kämpfen müssen um zu überleben. Dazu muss jeder Mensch lernen, seine individuelle Leistung zu erbringen. Das ist ein Vorgang, der auch anstrengend ist. Wenn du nun den Menschen auch noch ihr Recht absprechen willst, sich nach „getaner Arbeit" zu erholen, dann beginne ich dir nicht mehr folgen zu können.

Wenn alles, was Menschen Spaß und Freude macht, von dir

in den Topf mit der Aufschrift „Ablenkung" geworfen wird, dann bist du in meinen Augen ganz schnell in der Ecke derjenigen, die immer schon Freude und bunte Farben und Tanz und Ausgelassenheit im Namen Gottes als Sünde verurteilt haben. Es tut mir leid, aber so wirkt deine Haltung auf mich, kannst du mich da verstehen?"

„Ich verstehe dich sehr gut, Maria", antwortete die Stimme. „Leider, verstehe ich dich sehr gut. Ich verwende das Wort „leider", weil ich etwas zutiefst bedaure. Ich bedaure zu sehen, wie sehr die Mächtigen von eurem Denken Besitz ergriffen haben.

Darf ich euch einige Gedanken nahe bringen, die dir meine letzten Worte in einem anderen Licht zeigen können?"

„Gerne."

„Ich erkenne, dass du mich mit jemandem verwechselst. Du verwechselst mich mit dem „zweiten Teil" eurer Welt. Ich habe euch gesagt, dass ihr Menschen dann am besten kontrollieren könnt und Macht über sie ausüben, wenn ihr sie verunsichert und ihnen Angst einjagt. Kannst du diesem Gedanken zustimmen?"

„Ja, das kann ich. Worauf willst du hinaus?"

„Ich möchte euch auf die Zweiteilung in der Welt eurer Mächtigen aufmerksam machen. Angst ist einer der Hebel, die sie anwenden. Das Gefühl der Schuld ist der andere.

Ihr habt seit Jahrtausenden gelernt, schwere Arbeit ohne Freude zu verrichten. Das habt ihr getan, weil ihr Angst vor Strafe hattet. In den wenigen Momenten eurer „Freizeit" habt ihr euch dann euren „Vergnügungen" hingegeben. Damit ihr euch aber selbst in diesen Momenten nicht wirklich frei fühlen könnt, hattet ihr eure Priester.

Diejenigen, die die Macht Gottes auf Erden verkörpern, haben euch seit 2000 Jahren beigebracht, Lust, Freude, Tanz und Lachen als „sündiges Verhalten" zu empfinden. In ihrer Ermahnung, ein „geistiges" und „sittsames" Leben zu führen, haben die Kirchen euch zu Schuldigen gemacht. Es scheint unglaublich, aber es ist die Wahrheit. Von den Kirchen des Westens bis hin zu Siddharta Gautama, den ihr den „Buddha" nennt, haben die Autoritäten der Kirchen das Lachen verboten.

Das Lachen!

In eurer Zeit, die ihr das „Heute" nennt, gibt es im Osten eurer Welt einen Glauben, der Frauen das Singen verbietet.

Das Singen!

Ich weiß, dass die Geisteskrankheiten eurer sogenannten „geistigen Führer" so verrückt erscheinen, dass man glauben möchte, in einer Parallelwelt gelandet zu sein. Das ist aber leider nicht der Fall.

All diese Unterdrückungen der Lebendigkeit waren und sind die Herkunft eures Denkens und Fühlens. Selbst, wenn ihr heute in eurer Welt nicht dafür bestraft werdet, wenn ihr einen über den Durst trinkt und endlich einmal hemmungslos feiert, das schlechte Gewissen ist immer auch noch Gast an eurem Tisch. Und wenn es nicht im Moment des Rausches an eure Tür klopft, so ist es wenigstens beim Kopfschmerz des nächsten Tages in Erinnerung.

Zweigeteilt ist die Welt eurer Autoritäten. Die „weltliche Macht" will eure Ausbeutung und gibt euch dafür bunte Lichter, Lärm und Tanz. Die „geistliche Macht" versucht euch diese „Freuden" zu verbieten. Wenn dies nicht mehr gelingt, weil das Mittelalter schon vorbei ist, dann gelingt es wenigstens, euch mit blassen Gesichtern darauf hinzuweisen, dass der Weg zu Gott nicht im „Zirkus dieser Welt" zu finden ist.

Fällt euch auf, dass oberste Priester und Könige immer auf denselben Stufen standen?

Päpste und Präsidenten auch heute von denselben Titelseiten grüßen?

Angeblich sind sie um euer Wohl besorgt und spielen sogar das Theater der gegenseitigen Ermahnung zu Frieden und Besinnung. Die Wahrheit ist, dass beide den Ball nur hin und her spielen. Auf diesem Ball steht ein Wort – das heißt „Theater".

Sie rufen euch auch heute noch dröhnende Worte aus dem Brunnenschacht zu und ihr müsst ihnen glauben. Einfach deshalb glauben, weil ihr keine offizielle Alternative habt. Ich sage deshalb „offiziell", weil es in unseren Tagen eine

Bewegung gibt. Diese Bewegung besteht aus den Menschen, die der Wahrheit zu ihrem Recht verhelfen wollen. Sie finden einander auch in dem Spiel, das ihr als das „Paradiesspiel" kennen gelernt habt. Dort begegnen einander Menschen, die ihren Geist befreien wollen. Die den Mächtigen die Masken von den Gesichtern nehmen können. Einfach dadurch, dass sie die Wahrheit sagen und die Wahrheit verbreiten. Die Menschen, die genug haben von den alles überdeckenden Lügen finden einander. Sie teilen einander mit, dass sie nicht allein sind und sie beginnen damit die Kultur einer neuen Zeit. Die Kultur der Wahrheit.

Lass mich dir aber bitte noch etwas zu deinen Gedanken sagen. Du meinst, dass ich wie ein Vertreter der „Geistlichkeit" wirke, der seit einigen Zeiten dafür sorgt, dass euch der Spaß beim Tanzen vergeht.

Ich verstehe dein Missverständnis, aber ich muss dir sagen, dass es ein Missverständnis ist.

Wieso?

Du denkst, ich würde die bunten Lichter und die Musik und die sogenannte Freiheit gering schätzen. Das tue ich nicht.

Ich möchte euch darauf aufmerksam machen, dass ihr vergessen habt, von welcher Kultur ich euch erzählen wollte: Der kommenden Kultur der Wahrheit.

Wenn ihr erschöpfte, ausgepowerte, ängstliche Menschen anseht, die ihr Leben in Unbewusstheit verbringen, dann seid ihr versucht, ihnen jede Art von Erleichterung zu schenken, jede Art Drogen, Lärm, Alkohol, unsinnlichen Sex, was immer die Welt der Unterhaltung zu bieten hat.

Ich aber erzähle euch von Menschen, die nach einer beschützten Kindheit und einer freien Jugend in eine Lebensstufe eingetreten sind, die man im besten Sinn des Wortes „erwachsen" kennen kann.

Diese Menschen der Zukunft, von denen ich euch erzähle, leben ein Leben in höchstem Bewusstsein. Sie leben allein oder mit dem Menschen, mit denen sie in Wahrheit ihre Wahrheit leben können. Sie haben eine Arbeit, die sie gerne verrichten. Sie lieben die Menschen, mit denen sie ihr Leben teilen wirklich.

Sie befragen sich und einander täglich, was die Wahrheit ist.

Diese Menschen sind frei. In diesen Menschen findet die Angst keinen Unterschlupf. Diese Menschen unterdrücken ihre Wahrheit nicht. Sie unterdrücken nicht die Wahrheit ihrer Nächsten.

Ich habe euch alle bisherigen Schritte der Wahrheit erzählt und hoffe, dass ihr sie nicht vergesst. Mir ist bewusst, dass die Schilderungen der Realität unserer heutigen Welt kaum den Glauben an eine neue Welt zulassen.

Ich aber sage euch: Es ist möglich.

Die Wahrheit kann gelebt werden und es gibt schon mehr

Menschen als ihr denkt, die sich auf den Weg gemacht haben.

Jetzt frage ich dich, Maria, und dich, Martin, glaubt ihr wirklich, dass Menschen, die in der Wahrheit leben sich betäuben wollen? Glaubt ihr wirklich, dass Menschen, die vor ihrer eigenen Wahrheit nicht flüchten müssen sich „zerstreuen" wollen? Glaubt ihr, dass Menschen, die es gelernt haben in liebevoller Konzentration ihre Arbeit zu tun, danach in Drogen flüchten wollen, um „sich selbst zu vergessen"?

Ich glaube das nicht. Und die Menschen, mit denen ich lebe sind mir der Beweis.

Menschen, die keiner Macht gehorchen, die ihnen das Selbstwertgefühl rauben will, werden nicht in ihrer „Freizeit" plötzlich ein Leben führen, das ihnen schadet. Aus diesem Grund habe ich die so genannte „Freizeitkultur" kritisiert, Maria.

Ein bewusster Mensch kennt keine Trennung zwischen der Unterdrückung durch ungeliebte Arbeit und der darauf folgenden Erleichterung durch Tanz und Freude. Sein Leben ist in seiner Ganzheit von Freude erfüllt.

Warum? Weil er nichts tun würde, das seine Freiheit in einen Käfig sperren kann.

Vermutlich wirst du mir jetzt sagen wollen, dass nicht jede Arbeit in Freude und voll Dankbarkeit ausgeübt werden kann. Vermutlich wirst du mir sagen, dass ein Strassenarbeiter, der Asphalt auf Straßen aufträgt, nicht jeden Tag voll Freude auf seine Maschine steigt oder die Fließbandarbeiterin, die schadhafte Schrauben aussortieren muss – ist sie wirklich in vollem Bewusstsein ihrer Wahrheit an der Stelle an der sie sitzt?

Ich kenne diese Fragen. Sie haben einen einzigen Zweck. Sie sollen euch den Glauben daran nehmen, dass ein anderes Leben für euch möglich ist. Sie sollen euch zeigen, dass für jedermann die Pflicht an oberster Stelle stehen muss. Die Pflicht genügend Geld zu verdienen, um die Familie zu ernähren und der Allgemeinheit zu dienen.

Diese Fragen, die euch zeigen, dass das Leben „eine ernste Sache ist" haben den Sinn, euch die Fragen nach dem eigentlichen Sinn eures Lebens auszutreiben.

Ich sage dir zwei Dinge, Maria, und auch dir, Martin. Erstens glaube ich daran, dass der Mensch eurer Zukunft, dessen Weg über die Kindheit und die Jugend, bis zum Erwachsenen ich euch schon mehrmals aufgezeigt habe, fähig ist, in vollem Bewusstsein seinen Alltag und seinen Beruf zu entscheiden.

Wenn er feststellen sollte, dass er Geld braucht um nicht nur sich, sondern auch seine Kinder zu erhalten, dann wird er solange suchen, bis er den Beruf gefunden hat, der ihm entspricht und der seine Bedürfnisse erfüllt.

Sagt mir jetzt nicht, dass es nicht für jeden den Traumberuf gibt. Ich sage euch, dass ein menschlicher Geist, der in der Wahrheit seiner Seele, seiner Begabungen und Fähigkeiten aufgewachsen ist, solange in sich suchen wird, bis er die Tätigkeit gefunden hat, die ihm entspricht.

Glaubt nicht denjenigen, die euch zu hirnlosen Arbeitsdrohnen und Gebärmaschinen erziehen wollen. Lasst nicht zu, dass sie eure schönsten Träume von euch selbst im Keim ersticken.

Wenn ein Mensch von klein auf erfahren hat, dass seine Natur gefördert und geliebt wird, dann entwickelt er auch die Kraft, solange zu suchen und zu lernen, bis er seine Aufgabe gefunden hat. Wenn ihn die Tätigkeit als Straßenarbeiter nicht wirklich erfüllt, wird er solange suchen, bis er seine eigentliche Bestimmung leben kann. Und wenn die Bestimmung sein sollte, Glasbläser in Murano zu werden, wird er nach Italien wandern und um Arbeit bitten. Und wenn man ihm sagt, dass keine Stelle frei ist, dann wird er sich mit anderen zusammentun, die denselben Traum haben wie er und gemeinsam werden sie die schönsten Gläser der Welt fabrizieren. Und wenn ihnen für ihren Traum das Startkapital fehlen sollte, werden sie es sich ersparen von der Tätigkeit als Pizzabäcker oder Schuhputzer. Derjenige, der anderer Leute Schuhe putzt, weil er weiß, wofür er spart, derjenige wird die glänzendsten Schuhe seiner Kunden vorweisen können.

Ich hoffe, ihr versteht, wohin ich eure Fantasie schicken will. Hört auf so zu denken, wie ihr es gelernt habt. Hört auf, in allen Bereichen der Realität immer als Erstes die Unmöglichkeit zu sehen. Verwechselt Ernst nicht mit Ernsthaftigkeit. Wisst, das das Leben auf die Kraft eurer Bilder wartet, die ihr euch von eurem Leben macht.

Erkennt den „Ernst der Lage" und werdet so heiter wie es nur geht. Die Kraft, die ihr braucht um aus euren Gewohnheiten auszusteigen, kommt aus der Freude und der Leichtigkeit, mit der ihr den ersten Schritt setzt. Hinauf zum Gipfel eurer Wahrheit.

Lasst euch nicht entmutigen von all denen, die euch sagen, dass es keinen Weg gibt zu diesem Gipfel.

Lasst euch die Energie, die Gott in euch gepflanzt hat, nicht von denjenigen rauben, die von sich behaupten in seinem Namen zu reden.

Das ist die größte Falle eurer Menschlichkeit, der größte Irrweg aller Zeiten, die größte Täuschung, die es jemals auf dieser Erde gegeben hat!

Hört meine Worte und lasst sie in euch wirken.

Sie werden die Kraft entfalten alles, woran ihr jemals geglaubt habt, zu erleuchten.

Das Licht der Wahrheit wird in euch zu strahlen beginnen und ihr werdet erkennen, dass alles, was euch seit 2000 Jahren gepredigt wurde, eine Lüge war.

Gott will euch nicht strafen, Gott will euch nicht demütigen, Gott will euch nicht unterdrücken: Nicht eure Gedanken, nicht eure Taten und nicht eure Sexualität...

Alle diejenigen, die euch erzählt haben, dass eure Sexualität eine Sünde ist - lügen. All die Texte und Bücher deren Geschichte damit beginnt, dass die Sexualität eure erste Sünde war, die euch aus dem Paradies vertrieben hat – lügen. All die gedrechselten Psalmen, die euch mitteilen, dass euer selbstbewusstes Denken euch von Gott abbringt – lügen.

Alles, was die Mächtigen aufgeschrieben haben, damit das Echo durch die Jahrtausende klingt – ist eine Lüge. Die größte, alles umfassendste Lüge der Menschheit ist die Lüge, dass Gott euch dafür strafen will, dass ihr die Menschen seid, die ihr seid.

Die Mächtigen haben die Angst vor Gott in ihren heiligen Schriften festgeschrieben, damit euch dieser Gedanke von klein auf gelehrt wird. Dieser Gedanke ist die grausamste, widerwärtigste, boshafteste Vergewaltigung eures Geistes. Die Worte, die niedergeschrieben wurden um euch schuldig zu machen, wenn ihr euren gesunden Sex erlebt, diese Worte sind das perfideste Verbrechen an der Menschheit, das jemals stattgefunden hat.

Ich wiederhole es so lange, bis das Echo meiner Worte eure Gewohnheit zerbricht:

„Ihr seid freie Menschen!

Eure Körper sind eure Tempel!

Eure Lust ist euer Wegweiser zu eurer Freude an eurem Körper!

Eure lebendig gelebte Sexualität ist der wahre Gottesdienst!"

Das Erleben eurer befreiten Lust ist das Fundament eurer Gedanken. Frei und ohne Unterdrückung könnt ihr die Welt und ihre Wahrheit für euch entdecken, könnt ihr die Liebe Gottes in euch entdecken.

Gott will es.

Er will, dass ihr die Lüge erkennt. Ihr habt die Kraft in euch, die Wahrheit zu leben, die die natürliche Gottheit des weiblichen und männlichen Poles in euch angelegt hat. Steht auf und werft die Lügen aus eurem Leben!

Erhebt euch und werft die Lügner aus eurem Leben!

Verbannt die Bücher und Schriften der Unterdrückung aus eurem Leben!

Ihr solltet sie nicht verbrennen, ihr sollt sie verbannen, damit ihr sie betrachten könnt als Erinnerung an die Zeiten, in denen die Macht der Negativität euer Leben in seiner Kontrolle hatte.

Erkennt, dass ihr Kinder einer neuen Zeit seid. Ihr steht am Beginn einer Zeit, die zum ersten Mal seit tausenden von Jahren das Joch der Unbewusstheit abwirft. Das Joch der Leblosigkeit zerbricht.

Warum glaubt ihr, haben sie seit 2000 Jahren davon geschrieben und gepredigt, dass eure Sexualität Teufelswerk ist?

Weil sie klug sind. Ihre Bosheit ist das Ergebnis ihrer

Klugheit. Sie wissen, dass die Freiheit eines selbstbewussten Menschen nie mehr in den Käfig zurück zu sperren ist, wenn sie einmal ausgebrochen ist. Sie wissen, dass ein Mensch, der seine Göttlichkeit in der Hingabe an seine sexuelle Erfüllung gefunden hat, nicht mehr an die Angst glaubt.

Was geschieht in einem Akt der sexuellen Hingabe, in einer sexuellen Vereinigung einer selbstbewussten Frau mit einem selbstbewussten Mann?

Es geschieht weit mehr als ein „angenehmes Gefühl". Das „angenehme Gefühl" soll euch nur zeigen, dass ihr auf dem richtigen Weg seid.

Glaubt nicht, dass diese zwei schlichten Worte als Scherz gemeint sind! Wisst ihr, wie viele Frauen durchdrungen sind von dem Glauben, dass Sexualität etwas Verwerfliches ist? Wisst ihr, wie viele Männer Frauen nur als Ventil benutzen? Wisst ihr, wie viele Frauen bei der sexuellen Vereinigung Schmerzen erleben, weil ihr Körper sich nicht entspannen kann, weil ihre Vagina nicht feucht wird, weil sie wünschen, der „Vorgang" möge schnell vorbei sein? Es sind Millionen. Wisst ihr, wie viele Männer ihre Frau überhaupt nicht spüren können? Ihr Eindringen und ihr Orgasmus sind so schnell „erledigt" wie eine kurze Masturbation in einem Pornokino.

All dieses Elend ist das Echo von 2000 Jahren der Verblendung, der Lügen und der Angst.

Ich wiederhole: Glaubt nicht, dass ihr im freien Westen freier seid, nur weil der Minirock erfunden wurde. Ihr seid die ersten Generationen, die ein wenig experimentieren durften. Befreit oder geheilt seid ihr noch lange nicht.

Warum? Weil die Mächtigen immer noch an den Hebeln der Macht sitzen, weil sie nur ein wenig Atem holen, bevor sie ihren nächsten Schlag auf eure Unschuld mit der Botschaft „Ihr seid schuldig" führen.

Was sollte eure Schuld sein, wenn ihr erleben wollt, wer ihr seid?

Wenn ihr erleben wollt, was euer Körper für Schätze in sich trägt? Wenn ihr begreifen wollt, dass euer Nächster euer Geliebter sein kann? Euer Geliebter und nicht nur ein Objekt, das ihr kurz mal eben benutzt, um euch dann dafür zu schämen.

Wie lange noch?

Wie lange wollt ihr es noch hinnehmen, dass euch die Mächtigen um euer Leben betrügen? Sie haben euch kastriert, gedemütigt und entmachtet. Und ihr lasst sie gewähren?

Sie haben euch so sehr eurer Kraft beraubt, dass ihr ihnen alles erlaubt ohne euch zu wehren?

Diejenigen, die euch das Gefühl der Sünde eingepflanzt haben, wenn ihr an Sex auch nur denkt, diejenigen sind es, die eure Kinder in ihren Klosterschulen missbrauchen. Es sind nicht zwei oder drei „verirrte Schafe" in der „Herde Gottes", es sind hunderte und tausende und sie treiben ihre Perversion nicht erst seit gestern. Sie treiben ihr abartiges Spiel seit ewigen Zeiten.

Die unschuldigsten eurer Gemeinschaft, diejenigen, die am meisten Schutz verdienen, eure Söhne und Töchter, wurden gezwungen, sich berühren zu lassen, wurden gezwungen, den steifen Penis unter dem schwarzen Rock so lange zu streicheln und im Mund zu lassen, bis die Ejakulation sie befleckt hat.

Hunderten und tausenden von kleinen Jungen wurden geweihte Penisse in den Anus und in den Mund geschoben „im Haus des Herren", das ist die Wahrheit.

Und ihr, was tut ihr angesichts dieser Gräuel? Ihr erregt euch kurz, ihr schüttelt den Kopf angesichts der Tatsachenberichte in eurem Fernsehen, ihr sagt: „Das ist wirklich ein Skandal". Dann geht ihr zur Tagesordnung über. Ihr macht einfach so weiter, als wäre nichts geschehen.

Seht ihr, was sie mit euch gemacht haben? Ihr seid zu Opferlämmern geworden, die im Schlachthof einen Espresso trinken, mit den Schultern zucken und murmeln: „Da kann man nichts machen."

Das ist eure Grundhaltung nach 2000 Jahren Gehirnwäsche geworden.

„Da kann man nichts machen".

Das ist euer Glaube geworden und darum können die

Mächtigen alles mit euch machen – alles!

Sie können euch eure Lebendigkeit vergiften, sie können euch eure Arbeit weg rationalisieren, sie können euer Erspartes von euren Konten plündern und ihr, was macht ihr? – Nichts!

Nichts…

Kurz, ganz kurz geht ihr auf die Straße und werft ein paar Steine auf Polizisten, die 100 Mal besser ausgerüstet sind als ihr. Dann bekommt ihr Prügel, den Wasserwerfer und geht nach Hause weinen, weil das Tränengas so lange nachwirkt.

Das ist die Wahrheit. Ihr seid kastrierte Lämmer geworden. Armselige Schattenbilder seid ihr geworden. Schattenbilder von Menschen, die Gott als sein Ebenbild geplant hat.

Glaubt ihr wirklich, Gott ist so eine Jammergestalt? Glaubt ihr, Gott gibt sich mit Almosen zufrieden? Mit zwei Minuten Sex, Feigheit vor dem Feind und ungebremster Ohnmacht? Glaubt ihr das wirklich?

Ich glaube es nicht. Aber eure Führer wollen, dass ihr glaubt, dass Gott euch als Schwächlinge sieht. Das nennt ihr dann „Demut".

Sie wollen, dass ihr glaubt, Gott will euch unterwürfig sehen, das nennt ihr dann „Gehorsam". Sie wollen, dass ihr glaubt, Gott möchte euch enthaltsam sehen, das nennt ihr dann „Reinheit".

Was für ein Wahnsinn. Und ihr habt 2000 Jahre lange nicht rebelliert, weil dieser Wahnsinn von der Kanzel gepredigt wurde.

Ich frage euch noch einmal: Würde ein Mensch, der nach einer liebevoll verbrachten Kindheit, nach einer freien Jugend und in einem selbstbewussten Leben als Erwachsener, seine Wahrheit lebt- diesen Irrsinn dulden?

Niemals.

Seine Wahrheit, die in ihm lebt würde ihn ein Schwert ziehen lassen und diese Heuchler und Geldfälscher aus den Bereichen seines Tempels jagen. Er würde sie jagen und verfolgen, bis sie in die Knie gehen und um Vergebung flehen.

Dann würde er mit der Kraft der Güte und der Vergebung ihnen den Weg weisen, weit, weit weg von seinem Heim.

Diese Güte und Vergebung wäre das Geschenk eines liebevollen Herzens an diese Verbrecher, obwohl sie seit 2000 Jahren „wissen was sie tun".

Ein Einzelner müsste genügen. Ein einzelner Junge oder ein einziges Mädchen, dem sexuelle Gewalt angetan wurde, müsste genügen um einen Sturm der Entrüstung ausbrechen zu lassen. Einen Sturm, der das hohle und morsche Lügengebäude eurer Kirchen hinwegfegt. Eine einzige gesteinigte Frau sollte der Aufruf sein, die Länder, in denen diese Sitte ein „religiöser Brauch" ist zu ächten. Was aber tut ihr?

Ihr tut nichts.

Aus falsch verstandener Toleranz sind eure Richter im freien Westen sogar zu feige um die Wahrheit zu sagen und Recht zu sprechen, wenn wieder einmal ein dunkelhaariges Mädchen ermordet wurde.

Um der Ehre zu ihrem Recht zu verhelfen.

Um nur ja nicht mit den Teufeln der Vergangenheit verwechselt zu werden, winden sich eure Richter aus der Verantwortung der Menschlichkeit heraus.

Der „kulturelle Hintergrund" der Täter wird dann als Milderungsgrund herangezogen. Der „kulturelle Hintergrund" ist dafür verantwortlich, dass Väter, Brüder und Söhne losziehen und ihre Töchter und Schwestern erstechen, erschlagen und erschießen. Warum? Weil diese mit dem „Hintergrund" ihrer „Kultur" nichts mehr zu tun haben wollten. Weil sie ihre wunderschönen Haare unbedeckt im Wind der Freiheit wehen lassen wollten, weil sie mit dem Jungen tanzen wollten, der ihnen gefiel und nicht mit dem, der denselben „kulturellen Hintergrund" hatte.

Vielleicht haben sie auch davon geträumt, einen jungen Mann aus einer anderen Kultur zu heiraten und nicht den Onkel eines Ziegenhirten, aus den toten Tälern ihrer steinigen Heimat.

Ja, für diese „Verbrechen" werden sie getötet, die jungen Mädchen aus dem „Kulturkreis", der eher etwas „anders" ist... Und?

Meldet sich jetzt euer kastriertes Rechtsempfinden und spricht, dass das alles eben „Ausnahmefälle" sind?

Welcher Wahnsinn der falsch verstandenen Toleranz lebt in euren Gehirnen? Eine Einzige ist zu viel, eine einzige erstochene, erschlagene, gesteinigte Frau ist zu viel.

„Menschen werden immer Morde begehen", murmelt jetzt der besorgte Bildungsbürger und ihr antwortet ihm: „Ja, das ist richtig" – aber die Rechtsprechung kennt unterschiedliche Motive für einen Mord: Habgier, Eifersucht, Neid, Hass, Geldgier - die Gründe sind ohne Zahl.

Der Grund aber, warum Frauen ermordet werden, die es gewagt haben zu leben, ist ein völlig anderer...

Er ist in den Schriften zu finden, auf denen ganze „andere Kulturkreise" ihre Gesellschaft errichtet haben. Es sind die Worte, die von Gott diktiert worden sind, die die Rechtfertigung darstellen für das Erschlagen von Frauen, die es wagen den Schleier abzulegen.

Gottes Wort ist der Urgrund für Mord und Totschlag.

Gottes Wort!!!

Wie wahnsinnig ist eure Welt geworden, dass sie diesen Irrsinn hinnimmt.

Kaum einer wagt es, diesen Wahnsinn bei seinen Wurzeln zu packen, weil er Angst hat mit seinen Worten „religiöse

Gefühle" zu beleidigen.

Religiöse Gefühle?

Ich brauche also nur einen Text vorzuweisen, der angeblich von Gott diktiert worden ist und mich darauf berufen, wenn ich andere Menschen totschlage?

Wenn ich meinen Glauben an Gott als Ursache nenne für meine entfesselte Egomanie, dann bin ich im sicheren Hafen, in der Schutzzone meiner „religiösen Gefühle"?

Was wäre gewesen, wenn die Nazis ihren Rassenhass als religiöse Überzeugung benannt hätten, anstatt einfach darauf los zu morden, weil die andere Rasse ihnen nicht behagte?! Wären sie dann in ihrem religiösen Eifer Mitglieder einer Kultur gewesen, die einen etwas eigenwilligen „Hintergrund" hat?

Diese makabren Gedanken sind durchaus erlaubt. Sie sind es deshalb, weil noch vor ein paar Generationen die silbernen Heerscharen des Westens Blutbäder unter den Heiden angerichtet haben, um Gottes Willen zu verteidigen.

Und weil die krummsäbeligen Heerscharen genau das Gleiche angerichtet haben, um Gottes Willen durchzusetzen.

Die Rechtfertigung für all diese Taten waren Gottes Worte, in dem einen Buch wie in dem anderen.

Wann seht ihr endlich, welchen Irrsinn ihr euch eingehandelt habt?!

Ihr erlaubt es Wörtern, die vor tausenden von Jahren von blutrüstigen Horden niedergeschrieben wurden bis heute euer Leben zu zerstören.

Steht endlich auf und beendet diesen Wahnsinn, sagt euch los von den missverständlichen Aufrufen zur Gewalt eurer Vergangenheit.

Alte Bücher, die jemals von Gott geschrieben wurden, müssen interpretiert werden um verstanden zu werden!

Lasst euch diesen Satz auf der Zunge zergehen. Es waren nicht Menschen einer verwirrten, blutgierigen Welt, die sich erlaubt haben, ihre Launen niederzuschreiben.

Auf einer Seite liest man da von Barmherzigkeit, auf der nächsten den Aufruf zu Schwert zu greifen. Nein, es waren nicht herrschsüchtige Feldherren, die ihren Anspruch auf die Macht mit Gottes Wort absichern wollten. Nein! Es war Gott persönlich, der auf der einen Seite schon nicht mehr wusste, was er im Kapitel davor gemeldet hatte.

Gott persönlich hat mal zu Frieden aufgerufen und im nächsten Atemzug zum heiligen Krieg. Ja, so ist Gott eben: In seiner Herrlichkeit lebt eben auch der irrsinnigste Widerspruch.

Da müssen dann Heerscharen von Schriftgelehrten daran gehen, Gottes Wort zu interpretieren, damit wir Sterblichen verstehen, was er wirklich gemeint hat.

Maria, Martin, wenn euch jetzt das Bedürfnis überkommen

hat zu lachen angesichts meines Zynismus, dann sollte es euch im Halse stecken bleiben.

Ihr und all die anderen, die auf der Suche sind nach der Wahrheit, ihr müsst diesen Irrsinn beenden!

Seid tapfer, seid mutig, erlaubt es euch gegen den Hohn und Spott aufzustehen, der euch treffen wird. Ich sage euch voraus, dass es tausende geben wird, die eure Suche nach der Wahrheit mit Verachtung, Spott, Hohn und Totschweigen beantworten werden.

Wir kommen in unserem Gespräch über das Glück langsam zu dem Punkt, an dem ihr erkennen könnt, woher das Unglück der letzten 2000 Jahre gekommen ist. Es ist aus der Anmaßung einiger weniger radikalisierter Fanatiker gekommen. Diese Menschen, die die Lebensfeindlichkeit und die Lustfeindlichkeit verkörpert haben, diese Menschen hatten die Fähigkeit, ihre irrwitzigen Forderungen nach Macht und Unterdrückung Gott in den Mund zu legen.

Es wäre nicht so schlimm, wenn die Wahnvorstellungen einiger Anführer von mordenden Hirtenvölkern in ihrem kleinen Tal ihr Unwesen getrieben hatten, aber tödliche Viren haben die Eigenschaft zu einer Pandemie zu mutieren.

Weil ihr Menschen es gewohnt wart, Leid als Teil eures Daseins zu ertragen, habt ihr keinen Widerstand geleistet. Ihr habt es zugelassen, dass die Geisteskrankheit eurer alten Bücher alle Grenzen übersprungen hat und die Welt in ihren tödlichen Zugriff bekommen konnte.

Alle Herrscher dieser Welt haben begriffen, welche Macht ihnen Gottes Wort verleiht. Sie haben einen Schulterschluss mit den Priestern begonnen und mit „Gottes Wort" das Leben eurer Seelen zerstört. Sie haben euch in eine Knechtschaft gezwungen, deren Realität bis heute andauert. Die Kostüme wechseln, die Angst vor Gottes Strafe habt ihr hunderte Generationen lang erlernt.

Diese Teufelssprüche haben sich in die Genetik eurer Gefühle eingegraben und fesseln euch mit Angst, Angst, Angst und nochmals Angst.

Angst vor eurer Freiheit.

Wie oft muss es noch geschehen in eurer Geschichte, wie oft muss noch ein Mensch im Namen Gottes auf dem Scheiterhaufen eures „kulturellen Hintergrundes" sterben, bis ihr den Mut habt aufzustehen und die Feuer zu löschen?!

Glaubt ihr wirklich, dass ein paar Jahre in Scheinfreiheit genügt haben um euch zu befreien?

Die Scheinfreiheit, die ihr hier im freien Westen erlebt, ist nichts anderes als eine sichere Versorgung mit Lebensmitteln in einem Supermarkt.

Gebt einer Woche Dauerregen die Chance eure Kraftwerke stillzulegen und die Bahn und Straßenverbindungen lahm zu legen. Am dritten Tag, nachdem die Lebensmittel ausgegangen sind wird das wilde Tier in euch zum Leben erwachen.

Die Errungenschaften der Zivilisation dienen dazu, euch gleichmäßig ruhig zu halten. Wenn eure Regelmäßigkeit bedroht wird oder wegfällt, seid ihr genau dieselben wilden Tiere, die immer schon darauf gewartet haben, aus dem Zoo auszubrechen.

Ich sage dies nicht um eure Versorgung mit Lebensmitteln, TV-Shows und angenehmen Heizungen zu kritisieren.

Ich sage dies um euch wachzurufen. Ich will euch wachrufen, damit ihr diese Zeit der Sorglosigkeit nützen könnt für die Entfaltung eurer Seele.

So lange euer Denken nur darum kreist, ob ihr am nächsten Tag genügend Essen habt, solange ist euer Denken nicht in der Lage, eurem Bewusstsein zu dienen.

Alles, was ihr auf dieser Erde tut, geschieht aus einer Absicht. Ihr blickt auf euren Tisch und ihr seht, dass es kein Brot gibt.

Also müsst ihr zu eurem Pflug. Ihr müsst die Erde aufbrechen und Getreide säen.

Ihr müsst sein Wachstum beschützen, ihr müsst es ernten, mahlen und backen. Dann erst habt ihr Brot zum Überleben. Ihr müsst eure Tiere, die euch auf den Äckern helfen, pflegen und ernähren, ihr müsst die Tiere, die ihr vor dem Winter schlachten wollt füttern, damit sie euch gutes Fleisch schenken. Ihr müsst Holz schlagen in den Wäldern, damit ihr euch Feuer machen könnt und ihr nützt die langen Nächte der Winter um eure Kleidung zu pflegen und eure Netze für den

Fischfang aufzubessern.

Ja, das ist das Leben gewesen noch vor kurzer Zeit. Sagt mir, wo in diesem Alltag der von früh bis spät dazu gedient hat, das Überleben zu sichern, Platz ist für „höheres Bewusstsein"?

Wo ist die Zeit gewesen, einige Stunden des Tages für Meditation zu nützen? Für einen Ort der Ruhe und des Gebetes?

Es hat keine Zeit dafür gegeben, es hat keine Zeit gegeben um zu denken.

Es hat keinen Raum gegeben, in dem sich euer Denken in euer Bewusstsein verwandeln konnte.

Euer „Bewusstes Sein" hat weit, weit hinter dem Horizont geschlafen. Die Sonne eures „Selbst-Bewusst-Seins" hatte noch nicht einmal einen ersten Silberstreif auf den Horizont gemalt.

Das freie Denken war nicht nur unmöglich, es hätte sogar gestört.

Welcher Bauer kann seine Tiere rechtzeitig schlachten, wenn ihm Gedanken in den Kopf kommen, die dieses Schlachten unterbrechen?

Wie zieht man einer Kuh das Messer durch den Hals, wenn der Gedanke auftaucht, dass dieses Tier eine Seele haben könnte?

Wie tötet man das liebe Schwein, das jeden Morgen mit Äpfeln und Mais gefüttert wurde und das vor Wiedersehensfreude gegrunzt hat, auch an dem Morgen, an dem der Bauer mit dem Messer in den Stall gekommen ist?

Verliebtheit oder gar Liebe war in den alten Zeiten kein Grund zu heiraten.

Grund dafür war, der Grund und Boden der Felder des Nachbarn um die Größe der Felder zu verdoppeln und um eine Bindung herzustellen, haben die Töchter im Westen des Tales die Söhne der Bauern im Osten geheiratet. Das war der Grund. Der Gehorsam war der Grund. Gehorsam dem Vater und der Mutter gegenüber, die vor langer Zeit von ihren Eltern einander versprochen wurden.

In den kalten Nächten wurde dann in der Dunkelheit mit einer Mischung aus Lust und Schuldgefühl der Samen des Bauern in die Jungbäuerin gespritzt und dann kamen die Jungen zur Welt.

Die jungen Kühe und Schafe im Stall und die jungen Menschen im Haus.

Jahr ein, Jahr aus. Nach zehn bis zwölf Kindern war dann oftmals Schluss.

All das war die Geschichte eurer Urgroßeltern. Es ist nicht ein Bericht aus der Steinzeit und wenn ihr euch zu fragen beginnt, warum ich euer Denken in die Betrachtung eurer nahen Vergangenheit führe, dann sage ich: Weil ihr es könnt!

Weil ihr es könnt!

Weil ihr zu den ersten Generationen auf dieser Erde gehört, die es sich erlauben können, zu denken, weil sie Zeit und Nahrung im Überfluss haben, weil euch die Nahrung, die ihr im Überfluss habt, die Zeit schenkt, die eure Vorfahren in die Rodung des Waldes geben mussten.

Stellt euch vor eure Urgroßmutter hätte die Zeit gehabt und die Muße darüber nachzudenken, ob ihr der plumpe Mensch wirklich gefällt zu dem sie sich ins Bett legen musste um zwölf Kinder mit ihm zu zeugen.

Glaubt ihr, sie hätte ihn geheiratet, wenn ihr Denken frei und leicht gewesen wäre? Wenn sie die Zeit und das Geld gehabt hätte um nach Rom zu reisen?

Im Lauf ihres Studiums?

Um sich dort zu verlieben... in einen Studenten aus Kanada, mit dem sie auf dem Forum Romanum eisgekühlte Kokosnußstreifen essen konnte?

Nein, sie hätte den Tölpel vom Nachbarhof nicht geheiratet.

Sie hätte ihr Denken benutzt um ihre Freiheit zu leben.

Und damit genau das nicht geschieht, gibt es jetzt in diesem Augenblick auf unserem Planeten Länder, in denen es Mädchen verboten ist, eine Schule zu besuchen, damit sie nicht lernen zu denken.

Ihre Brüder bleiben in dieser Zeit auf der Stufe der Barbarei stehen, in ihren Gewohnheiten und führen mit ihren Vätern die Kultur mit ihrem Hintergrund weiter und weiter und weiter…

Ich sage euch das, weil ihr zur Vergesslichkeit neigt.

Ihr habt einige wenige Jahre wie die Maden im Speck hinter euch. Dieser Überfluss ist dem Umstand zu verdanken, dass eure Großeltern damit begonnen haben, Maschinen für den Ackerbau einzusetzen.

All dieser noch nie dagewesene Reichtum ist eine Aufforderung an euch:

Denkt!

Wacht auf!

Denkt und erweckt euer Bewusstsein!

Wacht auf!

Ihr seid die erste Generation,die es sich leisten kann nachzudenken, wohin euer Leben führen soll.

Ich meine damit das Leben eurer Seele. Bevor ihr aber euer Denken in die Richtung schickt, in der ihr eurer Seele begegnen könnt, müsst ihr erst einmal an eurem Bewusstsein arbeiten.

Der erste Schritt kommt vor dem zweiten und euer erster Schritt sollte darin bestehen, euch bewusst zu werden, welches unglaubliche Geschenk ihr erhalten habt.

Die Arbeit, die Mühe und der Schweiß eurer Vorfahren hat euch das kostbarste Geschenk bereitet, das es auf dieser Erde gibt.

Zeit.

Ihr habt Zeit geschenkt bekommen.

Die Zeit, die euer Urgroßvater auf dem Feld verbringen musste, bevor er mit der untergehenden Sonne todmüde ins Bett gefallen ist. Diese Zeit ist euch geschenkt worden um die wunderbarste Bekanntschaft zu machen.

Ihr habt die Zeit in eurem Leben, mit euch selbst bekannt zu werden.

Ihr könnt euch in stillen Momenten fragen: „Wer bin ich?"

„Was will ich?"

„Woher komme ich?"

„Wie soll mein Leben weitergehen?"

Ihr seid die ersten, die ungestraft denken dürfen.

Dann tut es auch!

Eure Urgroßeltern hatten Denkverbote. So wie es auch heute noch Länder und Religionen gibt, die ihren Menschen ein Denkverbot auferlegen, so durften auch eure Vorfahren nicht denken, nicht fühlen, nicht sie selbst werden.

Am Sonntag wurde die Herde in einen Saal getrieben und ein einsamer Mann, der offiziell ohne Sex lebte, hat ihnen gepredigt, was zu fühlen und zu tun ist.

Er hat sie nicht ermutigt, über ihr Leben nachzudenken um selbstbewusst zu werden. Er hat ihnen erklärt, was sie alles falsch machen.

Vor allem die Fleischeslust hat er angeprangert. Gleichzeitig aber darauf hingewiesen, dass Kinder gezeugt werden müssen... endlos.

Das war die einzigen Momente, in denen eure Großeltern etwas anderes gehört haben als den Klang der grunzenden Schweine im Stall...

Das gedankliche Grunzen von der Kanzel hatte aber auch nur einen einzigen Duft: Er sollte dafür sorgen, dass alles so blieb wie es war.

Und so wie es war, das war von Gott so gewollt.

Gott gewollt!

Das war das Wort, das eure Vorfahren wie ein Mantra wiederholten.

Gottgewollt war es, ungeliebte Menschen zu heiraten. Gottgewollt war es, zu schuften bis die Knochen brachen. Gottgewollt war es, dass der Vater das Haus beherrschte, der Fürst das Gebiet und der Kaiser das ganze Land... und Gott herrschte über alle.

Und vergesst nicht: Einige hundert Kilometer von hier entfernt ist das Leben noch genauso geordnet.

Jetzt, in diesem Augenblick!

In den Ländern, in denen die Menschen noch keine Trennung von Kirche und Staat erreicht haben.

Vergesst das nicht in eurer Hybris.

Ihr seid privilegiert.

Privilegiert.

Versündigt euch nicht an dem Geschenk, das euch vom Schicksal gemacht wurde.

Entschließt euch, das Erbe eurer Ureltern mit Würde zu verwalten.

Könnt ihr euch nur eine Minute lang vorstellen, was es heißt für einen „falschen Gedanken" ausgepeitscht zu werden. So wie es noch heute geschieht?

Könnt ihr euch nur eine Minute lang vorstellen, wie es

einem Menschen ergangen ist, der für die Wahrheit verbrannt wurde? Für die Wahrheit wurde Galilei mit dem Tode bedroht. Nach 500 Jahren hat sich die Vertretung des Bösen auf dieser Erde dafür entschuldigt- nach 500 Jahren!

Glaubt ihr immer noch, euer Lächeln angesichts meiner Worte ist angebracht? 500 Jahre hat es gebraucht um zu bestätigen, dass Wasser nass ist- 500 Jahre!

Giordano Bruno hatte es nicht geschafft, sich mit der Lüge des Abschwörens vom Feuer zu retten. Das herausplatzende Fett aus seinem Körper hat laut geprasselt und der Geruch seines verbrannten Fleisches liegt heute noch in der Luft.

Die Luft eurer Welt ist voll von Schuld.

Die Mächtigen eurer Welt haben Schuld auf sich geladen ohne Ende.

Ihr seid die Ersten, die aufstehen dürfen und ein neues Leben beginnen.

Dann tut es endlich.

Tut es und versündigt euch nicht an der Zeit und der Freiheit, die euch geschenkt wird. Sie wird euch geschenkt um die Wahrheit zu leben.

Lasst mich ein Wort zur Praxis sagen. Wie soll denn das aussehen. „die Wahrheit leben"?

Ihr habt jetzt von mir viele Gedanken der Kritik gehört, aber eure Rosen können erst gedeihen, wenn euer Feld von Unkraut befreit ist.

Lasst uns daher nun die Frage stellen, wo ihr beginnen könnt. Was ist der erste Schritt um die Wahrheit zu leben?

Als Erstes müsst ihr wissen, dass ihr ausschließlich von euren Gewohnheiten dominiert seid. Der erste Löffel Haferbrei in eurem Leben prägt euer Gefühl für gutes Essen. Der erste Duft einer Rose erzählt euch, welche Schönheiten die Welt für euch bereithält. Der erste Sprung über einen Bach lehrt euch, wo die Gefahr in eurer Welt auf euch lauert.

Die ersten Gespräche über Mädchen und Jungen formen eure Sehnsucht nach Bindung und Sex. Das erste Philosophieren über Politik und Religion fertigt euer „Weltbild". Das Bild, das ihr euch von der Welt macht, ist das Bild eures „kulturellen Hintergrundes", sonst nichts.

Ein paar Meter hinter der Grenze und die Bilder sind völlig andere...

Liebe, Lust, Sex, Politik, Gott und Geld- all diese Bausteine werden in anderen Gebieten eures Planeten auf völlig andere Weise zusammengebaut als ihr es gewohnt seid.

Das „Weltbild" steht auf dem Kopf für eure Sicht der Dinge.

Und für eure Brüder und Schwestern seid ihr diejenigen, die auf dem Kopf stehen.

Was also ist „die Wahrheit"? Wie könnt ihr sie leben, wenn die Wahrheit alle 200 Meter eine andere ist?

Ihr müsst wissen, dass auch das Werkzeug, mit dem ihr diese Frage stellt in jedem Teil der Welt anders geformt ist. Dieses Werkzeug, mit dem man euch eure Wahrheit lehrt ist euer Denken.

Ihr lernt denken, so wie ihr lernt Messer und Gabel zu führen. Während ich euch das sage, fragt euch bitte: Wie lernen die Menschen am anderen Ende der Welt mit zwei Bambusstäbchen zu essen?

Wieso staunen sie ohne Ende, wenn sie zum ersten Mal beobachten, wie eine Messerklinge durch ein Steak fährt und drei Metallzacken an einem Griff dieses Stück Fleisch durchstechen um es in den Mund zu führen?

So wie ihr beim ersten Versuch im Chinarestaurant gescheitert seid als ihr versucht habt die zwei Stäbchen zu bändigen, so ungewohnt ist es für Menschen mit einem anderen „kulturellen Hintergrund" euer Denken zu verstehen.

Ihr glaubt vielleicht, dass ein Gedanke eine Sache ist, die man mitteilt und ein anderer Mensch versteht, was gemeint ist...

Im Grunde stimmt dieser Gedanke. Er stimmt aber nur für die Mitglieder einer Gruppe, die gewohnt sind, dieselben Gedanken zu denken.

Wenn ihr miteinander redet, um Gedanken auszutauschen,

schafft ihr die Basis für eine Gemeinschaft.

Es ist aber immer nur die Basis ein und derselben Gemeinschaft. Woran liegt das?

Es liegt daran, dass ihr in Wahrheit nicht Gedanken austauscht, sondern Gefühle.

Damit ihr mich wirklich versteht, möchte ich auf eine Zweiteilung aufmerksam machen: Es gibt Gedanken, die dem Alltag dienen und die auf der ganzen Welt dieselben sind: „Ich habe Hunger! Ich denke, ich gehe mit meinen Freunden los und wir suchen Beeren im Wald! Ich teile ihnen meine Gedanken mit und wir wandern los." Diese „Alltagsgedanken" unterscheiden sich nicht wirklich. Vom Nordpol bis hin zur Sahara. Wenn der Bauch dann gefüllt ist und ein Moment der Ruhe das Denken erlaubt, dann entstehen die Gedanken der „zweiten Art".

Diese Gedanken sollen euch helfen in dieser verwirrenden Welt eine Ordnung zu errichten. Sie sollen euch Strukturen geben, die alle in eurer Gemeinschaft erkennen und akzeptieren.

„Wie gehe ich mit meinen Kindern um? Wie empfinde ich das andere Geschlecht? Wie nah oder wie fern soll ich mich von anderen Menschen halten? Wo wohnt Gott?"

Für diese Fragen hat jede Kultur ihre eigenen Antworten gefunden. Diese Antworten sind zu Gedanken geworden. Diese Gedanken werden den Kindern eindringlich gelehrt. Die

Kinder beginnen mit ihren Gedanken gute Gefühle zu verbinden. Das ist der Punkt, an dem sich der Kreis wieder schließt. Die Gedanken haben Gefühle als Ergebnis.

Der Gedanke, dass Gott ein rollender Donner ist, erfüllt den einsamen Jäger mit einem Gefühl von Ehrfurcht und Demut. Sein Gedanke an Gott ist ein Gefühl geworden. Wenn er mit den Menschen seiner Gemeinschaft über Gott redet, weiß jeder, was gemeint ist. Das Wichtigste aber ist: Jeder aus seiner Gemeinschaft fühlt was gemeint ist.

Jetzt stellt euch bitte vor, dass eines Tages ein Fremder in das Land kommt, in dem unsere Donnergott-Menschen leben.

Dieser Fremde spricht erstaunlicher Weise dieselbe Sprache und eines Tage erzählt er von einem Wesen, das in den Tiefen der Erde lebt. Ein weibliches Wesen voll Leben und Kraft. Ja, die Erde selbst ist dieses weibliche Wesen und sie ist die Göttin allen Lebens.

Dieser Fremde kniet am Morgen und am Abend in einer Höhle und berührt mit seiner Stirn den Erdboden. Er verbrennt trockenes Gras und atmet den Rauch mit geschlossenen Augen ein.

Später dann, am Feuer, teilt er seine Gedanken über seine Göttin mit den Donnergott-Menschen.

In diesem Augenblick wissen sie, dass er verrückt ist.

Es ist nicht so, dass seine Gedanken zu Worten werden, die

keinen Sinn ergeben. Es ist so, dass seine Gedanken über die Erdgöttin den Donnergott beleidigen.

Nach einem Moment des Staunens, angesichts solch eines kranken Irrsinns, steigt ein heißes Gefühl in den Donnergott-Menschen empor.

Dieser Fremde beleidigt den höchsten Gott. Seine Worte und Gedanken klingen ruhig und voll Heiterkeit – was sie bedeuten aber, ist die reinste Gotteslästerung.

Die Wut über diese Respektlosigkeit wird immer größer. Der Fremde wird aufgefordert, seine Gedanken zum Schweigen zu bringen. Aber es ist bereits zu spät, das Ungeheuerliche wurde gesagt und gehört.

Damit es nicht weitere Kreise zieht und die Quelle dieser teuflischen Worte zum Verstummen gebracht werden - wenige Augenblicke später ist der Fremde tot...

Die Eintracht der Donnergott-Menschen ist wieder ungestört. Der Donnergott ist zufrieden, dass seine Würde wieder reingewaschen wurde.

Warum erzähle ich euch dieses Bild aus grauer Vorzeit?

Weil es das Bild eurer Jetzt-Zeit ist!

Ihr glaubt vielleicht, dass Gedanken reine und klare Bausteine sind, aus denen ihr die unterschiedlichsten Türme errichten könnt.

Die Wahrheit ist, dass eure Gefühle die Kernkraft eurer Gedanken sind. Eure Gefühle sind alles andere als klare, durchsichtige Kristalle. Sie sind heiß, wild, ungezähmt und bunt. Das müssen sie auch sein. Kinder sind niemals brav, still und gezähmt, genauso wenig sind es eure Gefühle, genauso wenig sind es eure Gedanken.

Es scheint nur so, als wären eure Gedanken freie, leichte Wolken über der stürmischen See eurer Gefühle. Die Wahrheit ist, dass eure Gefühle eure Gedanken geformt haben.

Das bedeutet natürlich auch umgekehrt, dass ein Gedanke euch zu starken Gefühlen führen kann.

Setzt euch einmal in eine Runde fundamentalistischer Männer einer Kultur, die einen anderen Hintergrund hat als die eure und sagt mit ruhiger Stimme folgenden Gedanken: „Wollt ihr darüber nachdenken, eure Frauen ohne Schleier alleine auf die Straße gehen zu lassen? Und wie wäre es, wenn sie vor der Ehe mit einigen Männern Sex erleben würden, damit sie die Bedürfnisse ihres Körpers kennen lernen können und vor allem gute Liebhaber von verkrampften Egoisten unterscheiden lernen?"

Werdet ihr eine freie und gleichberechtigte Diskussion eures Gedankengutes erleben oder einen Ausbruch von Wut, Hass und Aggression, was meint ihr?

Oder stellt euch doch einmal vor, ihr geht kurz nach Börsenöffnung in die Auktionshalle in der soeben Milliardenbeträge über den Erdball verschoben werden und schlagt den erhitzten Bankern vor, eine Weile zu meditieren. Die Gedanken, die ihnen dabei kommen, könnten vielleicht die Welt retten. Nach diesen Gedanken zieht ihr den Hauptstecker und alle Computer schweigen tief und fest.

Werdet ihr Lob und Anerkennung ernten für eure „Gedanken", was meint ihr?

Ihr seht, die Aufgabe, in die ich euch führen will ist so einfach, dass sie sehr, sehr schwer ist. Ihr müsst lernen über eurer Denken nachzudenken, damit es wirklich ein freies Denken werden kann und das beginnt nicht in eurem Kopf, es beginnt in eurem Körper.

Als kleine Kinder habt ihr Erlebnisse gehabt, die eure Nerven geprägt haben. Ihr habt Erfahrungen gemacht, die die Synopsen in eurem Gehirn auf bestimmte Art und Weise wachsen ließen.

Die Art wie, ihr die Welt erlebt habt, hat eure Sichtweise auf die Welt gefärbt. Diese verschiedenen Farben sind zu euren Gefühlen und Gedanken geworden.

Wie könnte eine Welt in eurer Zukunft aussehen, in der die Kräfte des Mitgefühls, der Liebe, der Barmherzigkeit und der Vergebung euer Leben bestimmen? Ist es überhaupt möglich nach den 10.000en von Jahren eine Welt zu erleben, die frei ist? Frei von den alten Erfahrungen, frei von den alten Gesetzen, frei von den alten Gedanken?

Diese Welt ist möglich.

Sie ist dann möglich, wenn es euch gelingt, euren Kindern eine Welt zu zeigen, wie sie Kinder noch niemals zu sehen bekommen haben.

Ihr seid der Schlüssel für die Zukunft eurer Kinder.

Eure Kinder sind der Schlüssel für die Zukunft der Welt.

Ich weiß, dass ihr euch jetzt fragt, wie es euch gelingen soll euren Kindern die reinen Farben der Liebe, der Freude, der gesunden Sexualität, des mitfühlenden Denkens und der Fürsorge zu zeigen, wenn ihr selbst noch unter dem Eindruck der alten Welt steht?

Das ist eine bedeutende Frage.

Sie ist deshalb bedeutend, weil ihr erkennen dürft, dass ihr an euch selbst Hand anlegen müsst.

Ihr müsst in eurem Prozess der Reinigung alles das in euch betrachten, was euch im Wege steht.

In euch gibt es riesige Felsbrocken, die euch die Vorfahren in den Fluss eurer Lebendigkeit geworfen haben.

Diese Felsbrocken müsst ihr erforschen. Ihr müsst jeden eurer Gedanken und jedes eurer Gefühle aus der Dunkelheit eurer Bewusstheit hervorholen und mit dem Licht der Wahrheit erleuchten.

Wie geht das?

Ich wiederhole: Ihr müsst in den Beginn eurer Erfahrungen gehen. Dieser Beginn war euer Körper. In eurem Körper sind in jeder eurer Zellen Erfahrungen gespeichert. An diese Speicher müsst ihr herankommen.

Wie geht das?

Als ersten Schritt müsst ihr euch an einen Ort begeben, an dem ihr von der Welt in Ruhe gelassen werdet. Ihr müsst wissen, dass jeder Ton aus dem Radio, jedes Lieblingslied, jede Nachricht von Erdbeben und Krieg im Fernsehen und jedes Auto, das vor eurem Haus parkt eine Reaktion in euch wachruft.

Jede Botschaft, die euch erreicht, wird von euch in Gut und Böse eingeteilt. Zu jedem Bild, das euch erreicht, sagen eure Gefühle „Ja" oder „Nein".

Alles, alles, alles um euch herum bewegt euch in die eine oder andere Richtung. Eure Gedanken folgen diesen Bewegungen. Lärm und jede Art von Ablenkung formen eine Haltung in euch. Um nicht überspielt zu werden, lärmt ihr mit oder ihr verkapselt euch inmitten des Lärms um nicht verrückt zu werden.

Sowohl von der einen Art mit eurer Ablenkungskultur umzugehen, als auch von der anderen solltet ihr euch für eine Zeit lang verabschieden.

Da ihr nirgendwo auf dieser Erde einen absoluten freien Raum finden werdet, empfehle ich euch die ungestörteste

Natur aufzusuchen, die ihr erreichen könnt.

Um der Reizüberflutung zu entgehen, haben seit jeher die Suchenden einsame Höhlen besiedelt. Dort waren sie von dem Anblick des Alltages und seiner alltäglichen Gedanken relativ sicher.

Ich empfehle euch allerdings nicht in eine Höhle zu gehen.

Warum?

In einer Zeit, in der die Menschen noch nicht die Annehmlichkeiten der heutigen Welt kannten, war eine Höhle nur ein stiller Ort.

Für euch wäre der Unterschied zu euren Sofaecken und Fußbodenheizungen so krass, dass ihr diese Askese als extreme Belastung empfinden würdet.

Eure Gefühle wären überflutet von Unbehagen und eure Gedanken würden die Situation als Bestrafung empfinden. Auf diese Weise würdet ihr euch an dem Thema des kalten Höhlenbodens festbeißen und das Denken hätte seine Ausflucht gefunden um sich nicht dem Wesentlichen zu widmen.

Das Wesentliche soll die Frage sein: Wie sehen meine Gefühle und Gedanken aus, wenn ich längere Zeit nur mit mir und der Natur in Ruhe bin?

Das heißt: Ich empfehle euch einen Ort in der Natur, die ihr von Kindheit an gewohnt seid. Wenn ihr eure ersten Spiele in Wäldern erlebt habt, dann sucht euch einen stillen Ort am Waldesrand und nicht ein Zelt in der Wüste. Diese seltene Situation wäre so sehr von eurer Gewohnheit befreit, dass ihr angesichts der Leere und Weite erst recht vor Aufregung über das Unbekannte erfüllt wäret. Was ihr aber suchen sollt ist ein Ort, dessen Farben und Töne euch vertraut sind. Diese Botschaften des Lebens sollten aus eurer gewohnten Natur kommen und euch das Gefühl von Sicherheit geben.

Wenn ihr es meistern könnt, eine Weile allein und ohne Gesprächspartner zu sein, dann geht allein an diesen Ort. Selbst die freundschaftlichsten Gespräche mit einer Begleitung ziehen eure Aufmerksamkeit nach Außen.

Der Sinn eurer Reise aber ist es, so ungestört wie möglich nach Innen zu gehen.

Findet also einen Ort, an dem ihr in Ruhe schlafen könnt und an dem ihr nicht in konventionelle oder belanglose Gespräche verwickelt werdet.

Wählt eine Jahreszeit, in der ihr ohne zu große Hitze oder Schneefall längere Zeit im Freien sein könnt.

Dann überprüft bitte, ob ihr alle technischen Kommunikationsmittel hinter euch gelassen habt.

Eure Handtelefone, eure Radios, eure Computer und Fernseher haben während dieser stillen Zeit mit euch selbst nichts bei euch verloren.

Wenn all diese Umstände erfüllt sind, beginnt die Aufgabe.

Sie beginnt damit, dass ihr euch nach einem längeren Spaziergang im Wald an einen Baum setzt und...

...nichts tut.

Der Spaziergang hatte die Aufgabe eure Körper zu entspannen und aufzurichten.

Euer heutiges Leben verbringt ihr hauptsächlich im Sitzen, das Spaziergehen wird für die nächsten Tage einer eurer besten Freunde werden.

Nun sitzt ihr also belebt und entspannt an einem Baum und tut erst einmal... nichts.

Wundert euch nicht, wenn ihr sehr schnell gelangweilt werdet... und bald darauf unruhig.

Das sind die Entziehungssymptome bei eurem „Cold Turkey".

Euer Körper und euer Geist sind es so sehr gewohnt ununterbrochen mit Informationen zugemüllt zu werden, dass das simple „Nichts-tun"einen Schock für euer System darstellt.

Wenn es euch zuviel wird, steht auf und geht wieder spazieren.

Diese Reaktion eurer unruhigen Nerven ist vorhersehbar und

verständlich.

Im Gegensatz zu konventionellen Meditationsübungen ersuche ich euch, den Impulsen eures Körpers nachzugeben.

Ihr sollt n i c h t sitzenbleiben und die Unruhe durch Atemübungen und stures Aushalten unterdrücken. Diese Art der „Übung" ist das Ergebnis eines Denkens, das im Lauf solcher Übungen eine Scheinruhe erzwingen will.

Das Prinzip der Unterdrückung von Lebendigkeit wird auf diese Weise vom Kasernenhof nur in den „Klosterhof" verlagert.

Bei dem Weg, den ich euch vorschlage, geht ihr einen anderen Pfad.

Ihr sollt euch und eure Wahrheit erfahren und nicht unterdrücken. Dies ist der scheinbar so kleine Unterschied. Dieser Unterschied liegt in einem einfachen Spaziergang. Diese Schritte aber können die entscheidenden Schritte zu euch selbst sein.

Das Ziel eures Rückzuges an den Waldrand ist es ja, in Ruhe zu euch selbst zu kommen. Ihr solltet auf diesem Weg euer Freund werden, und nicht euer Dompteur. Wenn eure Unruhe lernt, dass sie aufstehen darf und umherwandern, wird sie euch im Lauf einiger Tage länger und länger entspannt an eurem Baum sitzen lassen.

Ohne Zwang und ohne Pflicht.

Wenn ihr dann nach ein paar Tagen längere Zeit in der Stille verweilt habt, kann es sein, dass sich eine Stimme meldet.

Stundenlanges Reden von Unsinn und Geplapper im Alltag führt zu Energieverlust. Jedes eurer Worte hat die Kraft, eine Welt zu errichten. Wenn ihr gedankenlos plappernd euer Leben verbringt, wird allerdings nur Geplapper euer Ergebnis sein, Geplapper und Energieverschwendung.

Nun aber seid ihr plötzlich in der Stille.

Eure Energie nimmt nicht pausenlos ab, sie sammelt sich in euch und füllt euch aus. In diesen Zeiten eures Rückzuges in die Stille kann es geschehen, dass ihr plötzlich sehr tief atmen müsst und schreien wollt.

Das kommt daher, weil ihr so viel Energie in euch nicht gewohnt seid.

Meine Empfehlung lautet: Schreit einfach drauflos, schreit einen Ton, ein Wort, egal was aus euch herausschreien will, lasst es schreien.

Ihr werdet in diesem Schrei eurer Energie begegnen. Eurer Energie, die in eurem üblichen Alltag immer versickern muss.

Auch diese Erlaubnis in der Stille plötzlich zu schreien unterscheidet euren Meditationsweg von der „alten Schule". Auch die Energie eurer Stimme wird nicht unterdrückt und gebändigt. Auch eure Stimme darf ihre Energie endlich einmal frei fliegen lassen, solange bis das Ziel wie von selbst bei euch ist.

Das Ziel heißt „ruhig zu werden".

Bevor ihr aber durch das Tor der wahren Ruhe gehen könnt, müsst ihr euren Energien erlauben, am Leben zu sein.

Sie wollen sich zu Wort melden und sie wollen geliebt werden. Geliebt und nicht unterdrückt. Warum wiederhole ich diesen Satz so eindringlich?

Weil der Weg in die Stille, auf den ich euch einlade so ähnlich aussieht, wie die alten Wege der alten Zeit. Er ist sehr leicht zu verwechseln.

„Still sitzen...

Nichts tun...

Das Gras wächst...

Der Frühling kommt..."

Ein uraltes Gedicht eines Mönches im fernen Osten.

Wer kennt es nicht? Wer kennt sie nicht, die Bilder der still sitzenden Männer in ihren weiten Gewändern...

Sind sie nicht auch auf dem Weg in die Stille?

Suchen sie nicht auch in der Abkehr von der lauten Welt den

Weg in ihre Seele?

Ja, das sind die Bilder, die vor eurem geistigen Auge auftauchen, wenn ich euch ermuntere, in einem ruhigen Wald an einen Baum gelehnt zu schweigen.

Es sieht so ähnlich aus.

Der Unterschied besteht in einem einzigen Wort: „Unterdrückung".

„Unterdrückung".

Natürlich haben unsere Vorväter den Weg einer Lösung gesucht. Natürlich haben sie gespürt, dass es in dieser Welt mehr geben muss als die Jagd nach Geld und Ruhm. Natürlich ist auch ihnen der Gedanke gekommen, sich aus dem Lärm der Welt zurück zu ziehen.

Die Frage kann also nur lauten: „Wie?"

Wie haben sie das getan? Von welchem Punkt sind sie ausgegangen und vor allem, wo wollten sie hin? Als Ziel? Nachdem sie in der „Ruhe" angekommen waren?

Die erste Antwort ist sehr einfach. Auch auf den so genannten „geistigen Wegen" hat in der alten Zeit dasselbe Gesetz gegolten wie in den Hierarchien der Mächtigen. Der Einzelne musste lernen, seine Lebendigkeit zu unterdrükken. Dann musste er lernen, sein „Ego" der Gemeinschaft in Ruhe, Demut und Gehorsam unterzuordnen. Das Ergebnis waren geschlossene Anstalten mit zwanghaft schweigenden und betenden Menschen, die ihre nicht zu tötenden Triebe als Teufelswerk verfluchten.

Das Leben wird sich niemals geschlagen geben. Es sei denn, man tötet es.

„Abtöten" hieß dann auch das Zauberwort. Die heiligen Mönche, die auf der Suche nach Ruhe und innerem Frieden waren erkannten, dass die Stimme des Lebens in ihnen nicht zum Verstummen zu bringen war. Also versuchten sie es mit masochistischen Exerzitien. Die Liste der Methoden mit denen in der alten Zeit die Heiligen ihr Fleisch zum Schweigen bringen wollten, liest sich wie ein Handbuch einer Extremdomina aus dem Rotlichtviertel am Bahnhof.

Auf Steinen knien, kaltes Wasser über den nackten Körper gießen, am besten im Winter im Freien… Selbstgeißelung, glühende Kohlen in den Händen halten, Bußgürtel, die um den Leib gewickelt wurden… Diese Stoffbahnen hatten an der Innenseite gebogene Nägel eingearbeitet, die sich in das Bauchfleisch und den Rücken des frommen Mannes bohrten, der auf der Suche nach Ruhe war, Seelenfrieden und Gott.

Wundert es euch da noch, dass in diesen Irrenanstalten sexuelle Exzesse zum Repertoire gehörten?

Es gab unzählige Frauenklöster, die nahe an Männerklöstern gebaut waren. Zwischen einigen von ihnen hat man in unserer Zeit Verbindungsgänge gefunden. So konnten die Gottsuchenden einander zur Fleischeslust finden und die abgetriebenen Babys dann in extra ausgehobenen Gruben in diesen Verbindungsgängen verscharren.

Wundert es euch dann noch, wenn die sexuelle Misshandlung von Jungen in solchen Anstalten keine Besonderheit ist?

Ich möchte euren Blick deshalb auf diese Abartigkeiten richten, weil von diesen Vereinigungen ein Gedanke in die Gesellschaft ausgestrahlt wurde. Der Gedanke lautet: Du und dein Fleisch ihr seid sündig, tut Buße!

Das war die Headline über der „geistigen Welt" in den letzten Jahrhunderten. Und selbst wenn diese Allmacht der Perversen in eurer freien westlichen Welt etwas zurückgegangen ist, der Gedanke, dass ihr Schuld in eurem Leben habt, ist nach wie vor lebendig.

Ihr wisst, dass ich euch jetzt wieder darauf aufmerksam machen muss, dass es Länder und Religionen gibt, bei denen die Missachtung der Sexualität und des individuellen Lebens noch jeden Tag gepredigt wird.

Glaubt nicht, dass diese Erde in ihrer Gesamtheit auch nur einen Schritt weiter ist als vor 700 Jahren. Solange sich jetzt in diesem Augenblick Menschen in die Luft sprengen um andere Menschen zu töten, solange sie glauben durch diese Tat ins Paradies zu kommen, solange hat sich in der Gesamtheit des Kosmos dieses Planeten nichts geändert.

Nichts.

Ich bitte euch also eindringlich, die äußere Form nicht zu verwechseln. Wenn ich euch Ratschläge geben darf, dann tue ich dies unter einem völlig anderen Blickwinkel.

Mir ist bewusst, dass es ein ähnliches Bild abgibt. Ihr seht in eurem Stillsitzen unter einem Baum sehr ähnlich aus wie die Masochisten eurer alten Zeit. Ich versichere euch: Ihr seid es nicht!

Ihr sollt wissen, dass auf eurem Weg in die Ruhe alle Bewegungen eures Körpers, eurer Energien und eurer Gedanken willkommen sind!

Sie werden nicht bekämpft, sie werden mit Freude betrachtet und geliebt.

Nachdem ihr es euch erlaubt habt, euch zu bewegen und zu schreien, wann immer eure Natur das wollte, wird die Zeit kommen, in der es euch Freude macht, eine Weile still und entspannt dazusitzen.

Genießt diesen Moment, erfreut euch an seiner lebendigen Gelassenheit.

Dann lasst sie kommen, eure Gedanken, eure Bilder.

Eure Ruhe und Gelassenheit hat zum Ergebnis, dass eure Gedanken und Emotionen endlich einmal nicht auf ein Ziel ausgerichtet sind.

Sie müssen sich nicht „zusammenreißen" um der

„Profitmaximierung" zu dienen, sie können frei herumfliegen wie Schmetterlinge auf einer Sommerwiese.

Lasst sie fliegen, ganz egal, welche Gedanken und Gefühle sich melden.

Auch an diesem Punkt unterscheidet sich eure Zeit der Stille von allen alten Ritualen.

Jeder „sündige Gedanke" musste mit exzessivem Dauergebet ausradiert werden. Das Ergebnis war, dass er sich bei der nächsten Gelegenheit doppelt so heftig zurückgemeldet hat.

Lasst das!

Verwechselt auch hier den Weg in eure ruhige Wahrheit nicht mit einem Bußgang des Mittelalters. Ihr seid in diesem Wald um euch zu reinigen!

Das bedeutet nicht, dass ihr es krampfhaft vermeiden sollt, an Sex zu denken. Im Gegenteil, wenn in euch nach einigen Tagen der Einsamkeit Sehnsucht nach Berührung und Sex auftauchen, freut euch!

Freut euch, dass ihr gesund seid. Freut euch, dass euer Körper so freundlich ist euch zu zeigen, was er will.

Es kann sein, dass eure Bilder von Sexualität so intensiv werden, dass ihr einen Orgasmus erlebt.

Freut euch und erkennt daran, wie stark die Verbindung eurer

Emotionen und Fantasie zu eurem Körper sind.

Wenn ihr so ein Erlebnis habt, feiert eure Gesundheit und geht nicht in die Scham und schüttet Eiswasser über euren Unterleib.

Der Weg in die Ruhe hat in einer Gegend begonnen, die euch an eine geborgene Kindheit erinnern soll. Alle Bilder, Düfte und Töne sollen dort wieder anschließen, wo eure Reinheit zu Hause ist.

Warum verwende ich dieses Wort?

In der heutigen Welt seid ihr fast alle gewohnt, Drogen zu euch zu nehmen: Kaffee, Nikotin, Bier, Rotwein, Zucker, Haschisch, Extacy...

Die Liste ist ohne Ende.

All diese „Mittel" beeinflussen eure Wahrnehmung der Welt.

Die einen sollen eure Leistung steigern, die anderen eure Frustration betäuben.

Lasst es!

Ich weiß, dass diese Bitte eine große Herausforderung ist. Sie wirkt ähnlich wie eine Strafe der mittelalterlichen Mönche. Bitte, Seht es in einem anderen Licht: Quält euch nicht unnütz mit der Forderung „für immer" mit den Drogen aufzuhören. Bitte versucht es nur einmal für die Zeit in einem Wald.

Wenn ihr danach wieder Lust habt, euch zu betrinken oder Extacy zu schlucken, dann ist es eure Entscheidung. Es kann aber auch sein, dass ihr keinen Schuss mehr braucht.

Es liegt bei euch.

Aber auch hier werdet ihr von mir kein Wort des „Verbotes" hören. Es ist lediglich eine Bitte von mir.

Versucht es nur für diese drei Wochen, die ihr euch mit euch selbst schenkt.

Falls nach dem Impuls zu einem Spaziergang und zu einem lauten Schrei, auch die Lust auf eine Zigarette und einen „Chivas Regal" übermächtig wird, dann tut es, aber tut es ohne Schuldgefühle und mit Genuss.

Und horcht ganz tief in euch hinein, ob es wirklich so gut schmeckt wie ihr gehofft habt.

„Reinigung"

Ich möchte dieses Wort wiederholen.

„Reinigung"

In der alten Zeit hat man unter diesem Wort etwas völlig anderes verstanden. Die Prediger der Entfremdung eurer Seelen von euch selbst meinten damit, daß ihr euch von eurer Natur distanzieren solltet.

Wir werden in diesem Gespräch wieder an unserem Ausgangspunkt landen. Dieser Punkt war: „Sex".

In der alten Zeit war dieses Wort für die Führer eurer Geistlichkeit gleichbedeutend mit dem Wort „Satan". Der Grund war, dass euer Sex der geheime Schlüssel zu eurer Freiheit ist.

Wenn es euch gelingt diese Wahrheit anzunehmen und euch von allen alten Belastungen zu trennen, wird dieses Geheimnis zu eurer Kraft, zu eurer Herrlichkeit.

Um diese Freiheit in euch zu unterdrücken, hat man zu allen Zeiten euren Sex unterdrückt: Abgesehen von ein paar kurzen Versuchen das Joch abzureißen, ist diese Unterdrückung bis heute lebendig.

In eurer scheinbar freien Welt, genauso wie in der offenkundigen Unterdrückung eurer Brüder und Schwestern im Osten.

„Reinheit" hat in der alten Zeit bedeutet, keinen Sex zu haben. So einfach war die Lösung.

Diese Reinheit war die Eintrittskarte in das Paradies. Weil diese Karte aber kaum ein lebendiger Mensch in sein Dasein holen konnte und wollte, war euch allen in der alten Zeit der Weg in die Erlösung versperrt.

Seht ihr, welche unendlich intelligenter Masterplan hinter den Kulissen stattgefunden hat und immer noch stattfindet?!

Das natürlichste Erlebnis auf diesem Planeten wurde in euren Gedanken und Gefühlen zur „schmutzigen Sünde" umgewandelt.

Ab diesem Moment wart ihr alle „unrein". Ihr wart nicht wert, dass Gott in euch „eingeht". Ihr wart nicht nur Sünder durch eine freie Entscheidung in einem Leben als erwachsener Mensch – Nein! Ihr seid schon in die Schuld hineingeboren worden!

Das Wort dafür lautet: „Erbsünde".

Ihr habt also gar keine Wahl, euch für oder gegen Gott und eine Leben in Freiheit zu entscheiden, weil ihr schon als Verbrecher auf die Welt gekommen seid.

Ich muss sagen, dass ich kein totalitäres politisches System kenne, das mit derartiger Raffinesse in die innersten Winkel eures Denkens und Fühlen die Saat des Teufels gesät hat wie eure Kirchen!

Ererbte Aussichtslosigkeit und Verdammnis ist wohl der intelligenteste Schachzug von Seelenvergewaltigern, der einem kranken Hirn einfallen kann.

Dieser Einfall wird nur davon übertroffen euch dazu zu bringen, diese Gedankenpest auch noch zu glauben!

An dieser Stelle möchte ich euch daran erinnern, wie sehr eure ersten Gefühle mit euren ersten Gedanken zusammenhängen. Die Summe von Denken und Fühlen führt zu dem, woran ein Mensch glaubt.

Wenn ihr ihn fühlen lasst, dass er Schuld und Schmutz auf sich lädt, wenn er seine Lebendigkeit erlebt, dann habt ihr seine Natürlichkeit und seine wahre Göttlichkeit im tiefsten inneren Kern gebrochen.

Wenn der Mensch euch glaubt, dann habt ihr die göttliche Kraft so deformiert, dass Geisteskrankheit von einem Tag auf den anderen als „heilig" gilt.

Das alles waren die Perversionen eurer alten Zeit.

Heute müssen wir lernen, an unserem Waldrand die wahre Bedeutung von „Reinheit" zu erfahren.

Wenn ich von „Reinheit" rede, dann meine ich damit die Befreiung von den Perversionen eurer Vergangenheit. Ich meine die ungebremsten Impulse eurer Emotionen, eurer Gedanken und eurer Sexualität.

„Reinheit" habt ihr dann erlangt, wenn der Anblick eines erotischen Menschen, der euch sexuell stimuliert, zu lebendiger Begegnung führt.

Wie zwei schöne ungezähmte Tiere könnt ihr einander begegnen. Zwei Tiere, die sich an der Gesundheit und Vitalität des Anderen erfreuen. Das ist die Reinheit, von der ich euch erzählen möchte.

Bis ihr diesen Grad der „Unschuld" erreicht, müsst ihr viele

Prüfungen durchwandern. Prüfungen, die euer Bewusstsein in euch selbst für euch bereithält.

Eine der Prüfungen besteht aus der Beobachtung.

Stellt euch vor, dass ihr bei eurem Baum sitzt und friedlich und entspannt einem Vogel zuhört.

Ihr wollt nicht umherlaufen, alle Töne sind geschrieen, der Atem geht ruhig und ihr fühlt eure lebendige Kraft in eurer Ruhe.

Dann plötzlich, meldet sich ein sexuelles Bild. Ihr müsst an einen Menschen denken, der euch zum Träumen bringt. Lasst an dieser Stelle alle eure Fantasien durch euch hindurchziehen und dann stellt euch vor, dass ihr nach eurer Rückkehr diesem Menschen begegnet.

Das ist der Moment eurer Wahrheit, in dieser einen Beziehung, zu diesem einen Menschen.

Wenn ihr Glück habt, seid ihr bereit, die Wahrheit eurer Lebendigkeit zu zeigen. Nicht mehr und nicht weniger.

Ihr seid Meister geworden, wenn ihr ohne Koketterie und ohne doppelten Boden eure Wahrheit voll Respekt und Deutlichkeit zu erkennen gebt.

Ihr wisst, wie selten diese Art zu leben ist.

Was ihr alle kennt, ist das Spiel von Flucht und Jagd, von

Koketterie und Verweigerung, von Kaufen und Verkaufen und letzten Endes ist es ein Spiel um die Macht.

Ihr habt alle gelernt, eure Sexualität als Mittel zur Macht einzusetzen, aber kaum einer von euch hat erfahren, dass eure Sexualität frei sein kann.

Frei von Lüge, Verkrampfung und Schuldgefühl.

Um in diesen freien Zustand zu kommen, müsst ihr über die höchsten Gipfel der Bewusstwerdung wandeln.

Ihr alle seid keine Kinder einer Kultur, in der eure Sexualität der Schlüssel zu eurer seelischen Freiheit ist.

Ihr alle seid Kinder einer Lügenkultur, einer Schuldkultur, einer Leidkultur und einer Sündenkultur.

Freiheit ist ein Wort, vor dem ihr tiefste Angst habt.

Warum?

Erstens, weil sie euch niemals gelehrt wurde und zweitens, weil ihr Angst habt vor dem Ausbruch eures eingesperrten Tieres in euch selbst.

Ihr habt die dumpfe Ahnung, dass plötzliche Freiheit eine Katastrophe nach sich ziehen kann. Wenn eure Sexualität immerzu unter Bleiplatten erstickt wurde, was wird geschehen, wenn man diese Gewichte von euch nimmt?

Vermutlich wird es zu hemmungslosen Exzessen kommen. Vermutlich werden wilde Horden sich mit Drogen und Potenzmitteln vollpumpen und alles vergewaltigen, was sich bewegt.

Das ist die dumpfe Angst in euren Herzen. Die Angst vor der Urgewalt in euch, die nicht mehr zu beherrschen ist.

Das Überraschendste ist: Ich gebe euch Recht. Ja, ich gebe euch Recht.

Eure Welt wird hemmungslos in Chaos versinken, wenn man ohne Vorbereitung auf die kommende Flutwelle alle Schleusen öffnet.

Was sonst?!

Eine eingepferchte Herde wilder Mustangs wird sich nicht in edle Lippizaner verwandeln, wenn man ihre Zäune öffnet.

Wenn ihr mir zugehört habt, dann bitte ich euch ein Wort noch einmal zu erinnern: „Vorbereitung"

Wenn ihr ohne Vorbereitung die Menschen eurer Sklavenwelt mit einem Schlag befreit, dann dürft ihr euch nicht darüber wundern, was daraufhin für ein Sturm losbricht.

Jetzt beginnt ihr zu erkennen, warum ich euch an den Waldesrand gebeten habe.

Ich wünsche mir, dass ihr euch vorbereitet.

Ihr sollt euch, in euch selbst auf euch selbst vorbereiten.

Eure Wahrheit ist eine Atomkraft an Urenergie.

Ihr müsst sie langsam und respektvoll betrachten.

Bei diesem Betrachten sollte euch nichts beeinflussen.

Darum habe ich euch ermuntert keine Drogen zu nehmen und euch durch nichts und niemanden beeinflussen zu lassen.

Der Zustand der Beobachtung scheint so einfach und mühelos. Die Wahrheit ist, dass ihr auf einen wilden Mustang steigt, der noch nie einen Reiter gefühlt hat.

Ihr begegnet euren tiefsten, ungefärbten Energien.

Das verlangt größte Gesundheit, größte Kraft und größte Wachsamkeit.

Seid voll Respekt.

Die Energien, die in euch zum Schweigen gebracht wurden, werden nicht seufzen, wenn ihr sie weckt. Sie werden sich aufrichten wie ein Riese aus grauer Vorzeit und sie werden brüllen.

Ihr werdet einen mächtigen Schrei in euch erfahren, wenn eure Wahrheit zum ersten Mal aus dem Gefängnis tritt.

Ich bitte euch, mir zu vertrauen.

Fürchtet euch nicht!

Es gibt nur zwei Wege zwischen denen ihr wählen könnt. Der eine Weg führt euch immer tiefer in eure Gefängnisse, der andere Weg führt euch zu eurer Freiheit.

Der Weg, auf den ich euch begleiten möchte, wird der Weg sein, auf dem ihr erfahren werdet, dass Gott in euch wohnt.

Ihr werdet mit eurer eigenen Hilfe die Ketten abwerfen, die die dunklen Mächte der Vergangenheit über eure Freiheit geworfen haben. Ihr werdet freie Menschen sein, göttlich in eurem SelbstBewusstsein, göttlich in eurer Kraft, göttlich in eurer Fähigkeit zu lieben.

Das ist der einzige Weg, den es sich lohnt zu gehen und wir werden ihn gemeinsam gehen.

Selbst - Bewusst - Sein

Das ist das Wort, das vor allen anderen Worten steht.

Lasst mich dazu bitte etwas sagen:

Stellt euch bitte vor, dass ihr zwei Wochen an eurem Waldesrand verbracht habt.

Ihr seid durch einige Stufen der Erfahrungen gegangen.

Ihr seid aus der selbstverordneten Ruhe in die Bewegung gekommen und danach befreiter wieder zurück in die Ruhe.

Ihr seid aus dem Schweigen in eure Töne und Schreie ausgebrochen und danach friedlicher wieder in die Stille eingekehrt. Ihr habt euren Gedanken freien Lauf gelassen um danach in Gelassenheit zu landen. Ihr habt Aggressionen erfahren, Lust, Angst, Hunger, Durst, Wut und ihr habt gelernt all das ohne Behinderung durch angeordnete Disziplin als Teil eures Wesens zu beobachten.

Ihr habt auf die einzelnen Erlebnisse keine Schilder draufgeklebt, auf denen man „Gut" oder „Böse" lesen konnte.

Ihr habt einfach nur beobachtet, was sich in den Tiefen eures Wesens zu Wort melden möchte.

Nachdem ihr jeder Bewegung und jedem Gefühl einen Raum gelassen habt, haben sich die Bewegungen und die Emotionen wieder verabschiedet.

Sie sind gekommen und gegangen und haben euch an eurem Baum in Ruhe gelassen.

Am Ende aller Reisen durch eure Vielfalt seid ihr völlig ruhig und friedlich an eurem Baum gesessen und habt dem Wind in den Baumkronen gelauscht.

Und dieser Mensch, dieses Wesen, das nach all den Feuerwerken der Emotionen an diesem Baum gesessen ist, das seid ihr.

Ihr seid das Gefäß für alle diese unterschiedlichsten Aufregungen.

Ihr seid die friedlichste Ruhe nach dem Sturm.

Ihr seid ihr, selbst wenn ihr mit einem Lächeln, das aus eurem Herzen kommt in den Himmel blickt.

Das soll euch in diesen Tagen der Waldesruhe bewusst werden. Ihr sollt „Selbst"- bewusst werden.

Es sieht so ähnlich aus, nicht wahr?

Man könnte euch mit einem Pilger ins Heilige Land verwechseln oder einem Mönch aus dem Mittelalter.

Aber es ist nur die äußere Form, die eine Verwechslung möglich machen könnte.

Zwei Menschen sitzen in einem Café am Meer, beide trinken einen Espresso, beide blicken einem kleinen Hund nach. Der eine der beiden Männer wartet auf seine Geliebte, der andere betätigt einen Knopf und sprengt sich und 17 Menschen in diesem Café in die Luft. Im Namen Gottes – versteht sich.

Ihr müsst lernen unendlich genau hinzuschauen auf alles, was sich in eurer Welt zeigt. Auf alles.

Das Rätsel eurer Welt liegt nicht darin, dass ihr an den deutlichsten Unterschieden der Menschen ihre wahre Natur erkennt, das Rätsel liegt darin, dass ihr nahezu gar keinen Unterschied erkennt…

Die Wahrheit ist oft in der Hülle der Lüge verborgen und die

Lüge in der Maske der Erlösung.

Bevor wird darüber reden, wie ihr die Wahrheit erkennen könnt, lasst mich noch etwas zu eurem Selbst – Bewusst – Sein sagen.

Der Unterschied zu eurem friedlichen Blick in den Himmel und denjenigen, die „so tun, als ob", liegt darin, dass ihr auf eurem Weg zu eurem Freund geworden seid. Ihr habt eure Vielfalt kennengelernt.

„Vielfalt ist besser als Einfalt"

Wer kennt ihn nicht, diesen Satz eines großen Meisters. Wer versteht ihn zu leben?

Das Zeichen, dass ihr zu eurem Freund geworden seid ist darin zu finden, dass ihr alle eure Höhen und Tiefen erlebt habt und keine einzige von ihnen verurteilt habt.

Ihr habt auch Bereiche in euch kennengelernt, die euch fremd waren. Ihr habt Wut und Aggression und Lust auf sexuelle Gewalt empfunden in einem Maß, das euch vielleicht sogar selbst erschreckt hat.

Weil ihr diese Farben an euch so noch nie erlebt habt.

Ihr habt es noch nie erlebt, dass es einen Teil in euch gibt, der einen verhassten Menschen erschlagen will, einen anderen, den ihr sexuell begehrt, missbrauchen will... Frauen wollen Männer entmannen, Männer wollen Frauen demütigen...

Mord und Totschlag und Lust an Grausamkeit…

All das könnte in euch geschlafen haben.

All das wagt sich in eurer Fantasie ans Licht.

Es zeigt sein Gesicht, weil ihr diese Abgründe in euch nicht permanent zuschüttet, so wie es eure Gemeinschaft verlangt.

Eure Stille, eure Ruhe, die Abwesenheit von Ablenkung machen es möglich, dass auch das Negative in euch zu Wort kommen kann.

Ich sage es zur Sicherheit klar und deutlich: In der Ruhe und der Einsamkeit eurer Meditation ist es jedem Gefühl erlaubt, sich zu zeigen… jedem.

In eurer Fantasie.

Nicht in der Realität, nicht in eurem Alltag.

Eure Freiheit endet dort, wo die Freiheit eures Nächsten beginnt.

Warum sage ich das so deutlich?

Auch für diesen Weg gibt es Beispiele in eurer Geistergeschichte.

Auch andere Menschen haben vor euch versucht, die unterdrückten Wahrheiten zu befreien. Dieser Weg sollte die

Gesamtheit eurer Person zeigen. Das „Gute" und das „Böse".

Der Weg sieht ähnlich aus, wie der Weg, den ich euch rate zum Verwechseln ähnlich.

Lasst euch nicht täuschen.

Diese Anderen haben keine Grenzen gezogen, sie haben die Menschen in Gruppen zusammengehalten und in diesen Gruppen haben sie auch Gewalt und Aggressionen provoziert und zugelassen.

Dieser Weg ist genauso krank und verwerflich, wie der Weg der permanenten Unterdrückung eurer negativen Kraft.

Leider, leider ist er aber auch verständlich.

Wenn eure alten, jahrtausendealten Kirchen in Ost und West jede Lebendigkeit, jede Aggression, jede sexuelle Bewegung, jeden Atemzug der Freiheit schon im Keim ersticken und steinigen, dann muss eine Explosion das Ergebnis ein.

Auch wenn es nur winzige Gruppen von Suchenden sind, die erfahren wollen, wie es sich anfühlt, wenn jeder mit jedem zu ficken beginnt, nach dem auch Prügel und Schreiorgien die letzten Hemmungen zerschlagen haben – es ist nicht der Weg zu wirklicher Gelassenheit und innerem Frieden.

Mit den unvorbereiteten Ausbrüchen eurer unterdrückten Triebe richtet ihr genauso viel Schaden an wie mit dem Ersticken eurer Lust. Mit dem Erwürgen eurer Aggression.

Am Ende des Tages haben diese „Experimente" nur verletzte und resignierte Menschenwesen hinterlassen.

Warum ist das so?

Sie haben sich doch von den Ketten der Vergangenheit total und schamlos befreit!

Um es klar und deutlich zu sagen: Es geht nicht darum, dass auf dem Weg in die Freiheit jeder mit jedem zu ficken beginnt und jeder dem Nächsten einen Tritt in den Magen setzt, weil es keinerlei Unterdrückung mehr gibt, von gar nichts.

Dieses herzlose Verhalten ist nur das Zeichen für die vergangene Sklaverei. Es ist nicht das Verhalten von Menschen, die auf ihrem Weg der Befreiung zu einem Selbst- Bewusst- Sein gekommen sind, das mit ihrem Herzen verbunden ist.

Mit ihrem Mitgefühl, mit ihrem Respekt, mit ihrer Wahrnehmung der Wahrheit des Anderen.

Ich sage euch das so eindringlich, damit euer Denken den Unterschied erkennt.

Auf dem Weg, den wir euch empfehlen lernt ihr mit all euren Wahrheiten Bekanntschaft zu machen, ohne die Wahrheit und die Würde eines anderen Menschen zu verletzen.

Das ist der Unterschied.

Darum führe ich euch in die Macht der Fantasie.

In eurer Fantasie ist euch alles erlaubt.

Alles.

In eurer Fantasie könnt ihr in Bereiche vordringen, die ihr in eurem realen Leben niemals erfahren könnt.

Das Geheimnis der Heilung eures Wesens liegt darin, dass alles, was ihr in eurer Fantasie erlebt, Realität ist...

Ich bitte euch über diesen Satz nachzufühlen.

Alles, was ihr in der Fantasie erlebt ist eine Form der Realität.

Warum?

Die Fantasie ist das Bindeglied zwischen der realen Welt und eurer Seele.

Eure Seele ist auf diese Erde und in einen Körper gekommen um Erfahrungen zu machen. Erfahrungen, die nur auf der materiellen Ebene eurer Welt möglich sind.

Vieles erfährt die Seele über den Körper. Vieles.

Warum betone ich dieses Wort?

Weil genauso viel über die Vorstellung erfahren werden kann. Die Vorstellung, die Fantasie ist in jedem Fall die Vorstufe von allem, was auf dieser Erde existiert.

Die Vorstellung davon, ein Tier auf eine Felswand zu malen hat zu den Höhlenbildern eurer Steinzeit geführt. Die Fantasie, ein Weltreich zu erobern hat Millionen Tote gekostet.

Alles, was ihr erlebt, hat seinen Ursprung auf der Ebene des Geistes.

Alles.

Wenn ihr lange genug und deutlich genug an eine Bewegung denkt, wenn ihr genügend „Fantasie aufbringt", dann werden eure inneren Bilder zu eurer Realität werden.

Die Frage lautet nun: Wie viel Kraft ist in eurer Fantasie um sie Realität werden zu lassen?

Ihr seht, dass alles, alles, alles seine Urform in eurer Gedankenwelt hat. Alles kann in eurer Fantasie beginnen, Realität werden oder auf der Ebene der Vorstellung bleiben....

Für eine Seele ist es eine Ebene, auf der sie alle eure Wahrheiten erfahren kann, auch wenn sie nicht in Materie geformt werden.

Darum ist es möglich in der Einsamkeit, alles über die Theaterbühne eurer Fantasie laufen zu lassen.

Wenn ihr die Bilder deutlich genug seht, beginnen eure Gefühle deutlich zu reagieren. Ihr könnt eine Fantasie so sehr intensivieren, dass ihr während der Meditation in einer Eishöhle nasse Tücher auf eurer nackten Haut zum Trocknen bringt.

Warum?

Weil euer Geist der Antrieb hinter allem ist. Euer Geist ist in der Lage aus Wasser Wein zu machen und euch fliegen zu lassen, wenn ihr die Kunst beherrscht stark genug daran zu glauben, dass es möglich ist...

Aus diesem Grund genügt es, wenn ihr die Befreiung von euren dunklen und negativen Kräften in eurer Fantasie erlebt. Mit euch selbst erlebt, allein erlebt.

Eure Seele lernt euch und die Bereiche eurer menschlichen Wahrheiten auf diese Weise genauso kennen. Es genügt alles das, was in euch schläft in der Fantasie zu erwecken, leben zu lassen, nicht zu bestrafen und dann wieder zu verabschieden.

Dieser letzte Schritt ist der heiligste Schritt von allen.

Wie soll eine Heilung eurer beschädigten Natur stattfinden, wenn ihr die Negativität, die in euch schlummert nicht heilt?

Ihr könnt sie heilen und aus eurem Wesen entlassen, indem ihr sie anerkennt.

Ihr könnt frei und aufrecht den schwarzen Geistern in euch in die Augen blicken und folgende Worte sprechen:

„Ich sehe, dass es dich gibt. Ich erkenne, daß du in mir lebst um Rache zu nehmen für Schmerzen und Unrecht, die man mir angetan hat. Ich erkenne deine Wut und deinen Hass. Ich werde dich solange beobachten und dir meine Liebe schikken, bis du erkennst, dass ich dich nicht zerstören will. Du hast das Recht zu existieren. In meiner Fantasie darfst du alles… alles. Du darfst dein Bedürfnis nach Gewalt, Rache, Wut und Hass zeigen ohne Zurechtweisung, Ich werde dich beobachten, aber ich werde dich wissen lassen, dass ich dir meine Liebe schicke, solange bis du erkennst, dass du gehen darfst. Du darfst dich auflösen, weil ich in meinem Leben deine Realität nicht brauche."

Wenn ihr auf diese liebevolle Weise mit euren schwarzen Geistern redet, die in euch leben, werdet ihr wahre Wunder erleben.

Ihr glaubt vielleicht, dass ihr schwarze Geister bekämpfen müsst, damit sie nicht Macht über euer Leben erhalten…

Das Gegenteil ist der Fall.

Jede Energie, die ihr in Bekämpfung investiert, stärkt und nährt die Energie der dunklen Geister. Je mehr ihr sie unter Wasser drückt um sie zu ertränken, um so stärker wird ihre Energie, mit der sie auftauchen müssen.

Der einzige Weg in die Freiheit führt durch das Tor der Liebe und der Vergebung.

Bevor ihr allerdings eure Nächsten lieben könnt und bevor ihr Vergebung leben könnt, müsst ihr erst einmal euch selbst lieben wie ihr seid, müsst ihr euch selbst vergeben für alles, was ihr seid.

Für alles, was ihr seid, für alles!

Jede Art der Predigt, was ihr zu tun und zu lassen habt, ist sinnlos, wenn sie an der Realität eures Bewusstseins vorbeigeht.

Wenn eine Predigt ignoriert, auf welchem Feld des Bewusstseins ihr euch befindet, werden eure Taten nur Lippenbekenntnisse.

Aber nicht mehr.

Was nützt es euch zu hören, dass ihr euren Nächten lieben sollt, wenn ihr noch nicht einmal gelernt habt, wer ihr seid.

Ihr selbst und euch selbst zu lieben in eurer Ganzheit. In all euren Farben, in all eurem Selbst- Bewusst- Sein.

Ihr folgt wieder einmal nur Befehlen, anstatt aus eurem eigenen Mitgefühl und eurer eignen Liebe zu gehen.

Geben kann nur ein Mensch, der etwas hat. Und alles was ihr habt – seid ihr selbst.

Euer erster Schritt muss zu euch selbst führen, dann erst könnt ihr euch zu eurem Nächsten wenden.

Wenn ihr meinem Vorschlag folgen wollt und eure Zeit von drei Wochen in Ruhe und Zurückgezogenheit mit euch selbst verbracht habt, dann wird der Tag eurer Verwandlung kommen.

Ich sage euch das so eindringlich um euch die Wahl zu lassen.

Wollt ihr, dass in eurem Leben eine Verwandlung eintritt?

Wollt ihr in ein Leben verwandelt werden, das völlig anderen Gesetzen folgt als ihr es gewohnt seid?

Ihr müsst wissen, dass die Begegnung mit eurer Wahrheit eine Konsequenz hat. Wenn ihr den Wind der Freiheit auf euren Wangen gefühlt habt, wie soll es dann gelingen euch jemals wieder einzusperren?

Wenn ihr erlebt habt, was es bedeutet den tiefsten Punkt eures Wesens zu fühlen, wenn ihr eurer Seele begegnet seid, wie wollt ihr dann noch in die seelenlosen Gewohnheiten eurer Welt zurückkehren?

Dass ihr wieder in die Welt zurückkehren könnt, ist nicht die Frage. Die Frage lautet nur „wie"?

Wie begegnet ihr den Menschen eures Alltages? Wie sinnvoll empfindet ihr eure Arbeit? Wie nahe sind euch die Menschen, mit denen ihr noch vor kurzen zum Kegeln gegangen seid?

„Vor der Erleuchtung: Holz hacken, Wasser tragen…

Nach der Erleuchtung: Holz hacken, Wasser tragen…"

Ihr kennt diesen Satz. Die Frage, die das das Leben euch allerdings stellen wird, lautet: „Wie?"

Wie hackt ihr das Holz und vor allem: „Welches Holz hackt ihr, welches Wasser tragt ihr?!"

Es kann sein, dass ihr tatsächlich die Ruhe des Waldes und das Singen seiner Vögel so sehr in euer Wesen eingeladen habt, dass ihr mit dem üblichen Lärm eurer Welt nichts mehr anfangen könnt.

Es kann sein, dass ihr euch so sehr damit angefreundet habt, ohne Drogen durch den Tag zu kommen, dass euch die vertrauten Zigaretten fremd geworden sind. Es ist auch möglich, dass euch die Fantasien der Sexualität, die ihr euch wünscht keinen Raum mehr lassen für körperliche Begegnungen, die euch nicht in eurem tiefsten Wesen erfüllen.

Es kann sein, dass ihr aus einem Berg kommt, in den ihr für einige Stunden hineingegangen seid und die Welt vor dem Berg hat sich in eurem Empfinden in eine andere Welt verwandelt, in eine Welt, die euch fremd geworden ist.

Ich sage euch all das um euer Bewusstsein dafür zu öffnen, dass die Reise zu eurer Wahrheit kein kleiner Stadtrundgang ist.

Ich sage euch voraus, dass diese außergewöhnliche Art und Weise einige Wochen zu leben, euer Leben außer eure Gewohnheiten bringen kann. Es kann sein, dass ihr nicht mehr im Chor der Sklaven mitrudern könnt und wollt.

Diese Möglichkeit, euer Leben nicht mehr wieder zu erkennen, gibt es.

Aus diesem Grund zeigt euch auch in euren Reisebüros niemand dieses Abenteuer der Wahrheit.

Eure „Ablenkungsreisen" dienen alle nur dazu, euch zu zerstreuen und euch danach wieder an den ewig gleichen Arbeitsplatz zurückzuführen.

Wenn ihr aber ein einziges Mal das klare Wasser der Bewusstheit getrunken habt, wird es sehr schwer werden, euch wieder mit etwas anderem zufrieden zu geben.

Ich möchte euch all das an dieser Stelle sagen, weil ihr jetzt wählen könnt.

Ihr werdet in absehbarer Zeit diesen stillen Raum in dieser weißen Pyramide in der Wüste verlassen.

Ihr werdet euch in die Augen sehen und ihr werdet euch fragen, ob das alles nur ein Traum gewesen ist.

Wenn ihr wollt, könnt ihr aber auch meinen Vorschlag annehmen und euch auf die wunderbarste Reise begeben, die in eurem Leben möglich ist: die Reise zu euch selbst…

Denn: Nachdem ich euch nun meine Warnung erzählt habe, möchte ich euch die Vision der Schönheit auch nicht vorenthalten.

Stellt euch bitte vor, dass ihr von eurem Waldesrand zurückkehrt in eure gewohnte Welt und stellt euch bitte für einen
Augenblick vor, was für eine neue unbekannte Kraft in euch
zu leben begonnen hat.

Durch die Zeit, in der ihr eure Energie nicht zerstreut und ver-
schwendet habt, seid ihr zu „anderen Menschen" geworden.

Ihr werdet erfahren, wenn ihr eure gewohnten Begegnungen habt.

Eure Nerven werden elastisch und stark sein. Eure Blicke
werden wach und voll Klarheit. Eure Bewegungen werden
fließend und entspannt sein. Ihr werdet in die Welt zurückkehren wie gesunde Tiere, die einen Duft aus dem Paradies
mit sich bringen.

SEELE

Eure Seele wird euch dafür danken.

Eure Seele ist in eurem Gefäß darauf angewiesen, welche Erfahrungen ihr machen wollt.

Euer „Gefäß" ist die Einheit eures Körpers und eures Geistes.
Aus dieser Einheit entsteht euer Denken.

Aus eurem Denken und Fühlen entsteht die Art und Weise,
wie ihr lebt. Das Gefäß eurer Gedanken und Gefühlswelt
wird von eurem Bewusstsein dorthin geführt, wo es Erfahrungen machen will.

Euer Wille ist ein starkes Tier.

Dieses Tier hat zwei Helfer. Der eine Helfer ist das Denken, der andere Helfer ist das Gefühl.

Tief in euch entsteht der Wille nach einem Abenteuer. Ihr wollt auf einen Berg steigen, ihr wollt einen besseren Job, ihr wollt Sex, ihr wollt mehr Geld, ihr wollt, ihr wollt, ihr wollt...

Für jedes dieser Ziele eures Willens braucht es zwei Dinge um sie zu erreichen. Der Gedanke, der das Ziel erkennt, der es anvisiert und der alle Kraft auf das Ziel konzentriert. Und es braucht das Gefühl, das die Energie in Bewegung setzt, die euch auf das Ziel hinführen soll.

Der Wille kann Berge versetzen.

Ihr wisst, welche Frage ich jetzt stellen werde. Die Frage lautet: „Welche Berge wollt ihr versetzen?"

Wohin soll der Weg eures Lebens euch führen?

Was sind die Ziele, die ihr als erstrebenswert erkannt habt?

Ihr Menschen seid die einzigen Tiere auf diesem Planeten, denen es gegeben, ist die Form ihres Lebens zu verändern.

Ich meine nicht die Grundform, die euch mit allen anderen Lebewesen verbindet. Diese Grundform bedeutet, dass ihr Nahrung und Schlaf braucht um euren Körper am Leben zu erhalten..

Das ist das gemeinsame Erbe aller Lebewesen auf dieser Erde.

Die „Form" aber von der ich rede, ist die Form, wie ihr euer geistiges Leben verbringen wollt.

Ihr kommt auf diese Erde und befindet euch in einer Gemeinschaft.

Diese Gemeinschaft hat seit langer, langer Zeit ihre Form entwickelt.

Das bedeutet: Die Menschen eurer Gemeinschaft wissen genau, wie der Ablauf ihres Lebens statt zu finden hat:

Sie haben für sich herausgefunden, dass sie ihre Frauen unter schwarze Tücher verhüllen wollen. Sie haben herausgefunden, dass Sex vor der Ehe ein Verbrechen ist und sie haben beschlossen, an einen einzigen Gott zu glauben. Dieser Gott hat all ihre Formen mit seiner Allmacht zum Gesetz ihres Lebens gemacht.

Nun werdet ihr nackt und klein in diese Gemeinschaft hineingeboren.

Die Form eurer Gemeinschaft wird zu eurer „zweiten Natur".

Ihr befolgt die Gesetze. Ihr lernt die göttlichen Texte auswendig und ihr beginnt nicht nur zu wissen, was Schuld und

Sünde darstellt, ihr beginnt es zu fühlen. Das ist die Form, die ihr gemeinsam mit den Mitgliedern eures Stammes als die Grundlage eures Lebens jeden Tag neu belebt.

An irgendeinem Tag hält ein Reisebus vor eurem Dorf und zum ersten Mal habt ihr Kontakt mit Menschen aus einem anderen Land, aus einer anderen Form.

Die Frauen dieses anderen Stammes tragen helle Hosen und lachen laut und halten Männer an der Hand. Sind sie von einem anderen Stern?

Nein, sie haben nur eine andere Form bekommen. Diese Form ist zu ihrer „zweiten Natur" geworden.

Seht ihr, was ich euch sagen will? Alles, woran ihr glaubt, ist nichts anderes als ein austauschbares Kostüm.

Eure Gedanken haben es hergestellt, eure Gewohnheiten ziehen es jeden Tag aufs Neue an.

Euer Bewusstsein hat sich auf diese Form „verengt".

Ihr seid die einzigen Lebewesen, die auf die unterschiedlichste Art an ihr Essen kommen können. Ein Affe hat auf der ganzen Welt nur eine einzige Art seine Banane zu schälen.

Wenn ihr in einer sehr strengen Form aufgewachsen seid, werdet ihr diesen Gedanken nicht einmal denken dürfen. Den Gedanken, „dass es auch anders geht".

Die Könige und Priester, die dafür verantwortlich sind, dass eure Form erhalten bleibt, verbieten euch den Gedanken an Freiheit. Sie wissen sehr genau, dass eure Form von einer Minute auf die andere zerbrechen würde, wenn ein Gedanke in euch stark genug wird um die Form in Frage zu stellen, in der ihr gewohnt seid zu leben. Dann wird er Gefühle wachrufen, die zu einer Energie werden, die die Form zerbrechen wird.

Wenn ein Gefühl von euch aus dem Erlebnis der Enge herauswill, dann wird es sich Gedanken schaffen, die zum Werkzeug des Gefühls werden. Diese Verbindung von Gefühl und Gedanken wird sich Luft schaffen wollen. Gemeinsam werden sie die beengende Form in Frage stellen und dann sprengen. Dann habt ihr eine Revolution...

Die Geschichte eurer Art ist voll von Revolutionen. Warum? Weil es seit den Zeiten des Krokodilgottes nur einen einzigen Ablauf gibt:

Die Wissenden und Mächtigen halten das Volk in Unwissenheit und Ohnmacht. Sie tun dies indem sie dem Volk eine Form des Lebens aufzwingen, die das Volk von seiner Lebendigkeit abtrennt. Die Hebel sind immer die gleichen. Es ist die Unterdrückung der Sexualität, die Unterdrückung des freien Denkens und das Verbot, andere Formen kennen zu lernen.

Diese Tyrannei wird von Zeit zu Zeit mit einer Revolution vom Thron gestoßen.

Das Tragische an dem, was darauf folgt liegt in der Tatsache, dass die Menschen die den Tyrannen an die Macht folgen, in der Form aufgewachsen sind, die sie bekämpft haben.

Die Revolutionäre aller Zeiten haben den Tyrannen erkannt und bekämpft.

In ihnen war aber dieselbe Form der Tyrannei gespeichert.

Ihr kennt hunderte von Beispielen aus eurer Geschichte in der ein König bekämpft wurde. Am Tag danach hatten die Revolutionäre den Thron bestiegen und am Tag danach haben sie damit begonnen, alle zu köpfen, die der Form ihrer Macht nicht gehorchen wollten.

Auch hier wechselt nur die Kulisse, aber das Stück ist dasselbe.

Dieses Stück wird seit Anbeginn aller Zeiten bei euch gespielt. Die Frage ist also: Wie kommt ihr endlich zu einem neuen Stück?

Ist das überhaupt möglich?

Ist es nicht so, dass ihr Menschen euch auf ewig in dieser Spirale von Leid und Rebellion und neuem Leid zu Hause fühlen müsst?

Ihr kennt meine Antwort. Sie lautet: Nein, das müsst ihr nicht.

Ihr erinnert euch an drei Worte in meinen letzten Sätzen. Sie lauten: „Eure zweite Natur".

Ich habe euch gesagt, dass alle eure sogenannten Kulturen, die ich „Vergewaltigungskulturen" nenne, in eurer Jugend zu eurer „zweiten Natur" wurden.

Ihr empfindet es als natürlich und Gottgewollt eine Frau zu steinigen, die ihren Geliebten geküsst hat, ihr empfindet es als normal Bomben auf Bauerndörfer im Dschungel zu werfen, weil der Verdacht besteht, dass ein Feind dort Tee trinkt, ihr seid nicht erschüttert, wenn ihr hört, dass Priester zum heiligen Krieg aufrufen und ihr nehmt es einfach hin, wenn ihr hört, dass es in einigen Jahrzehnten keinen Urwald mehr geben wird.

Warum ist das so?

Habt ihr kein Herz und kein Gewissen?

Nein, das ist nicht der Grund. Ihr habt ein Gewissen Es ist nur niemals dazu erzogen worden, mutig zu sein.

Aufstehen und klar und deutlich „Nein" sagen zu all dem Irrsinn, den eure Form mit sich bringt. Dies ist euch niemals gelehrt worden. Es ist euch gelehrt worden, dass diejenigen, die so etwas tun Rebellen sind. Rebellen verlieren den Arbeitsplatz, die soziale Unterstützung und finden niemals einen attraktiven Partner.

Die Urangst, keine Form mehr zu haben und zu verhungern hat man euch beigebracht. Diese Angst ist zu „eurer zweiten

Natur" geworden.

Jetzt steht sie langsam übermächtig im Raum, die Frage: „Was ist denn eure erste Natur?"

Was ist eure Natur?

Wie hat Gott euch in seiner schönsten Fantasie vor sich gesehen?

Welche Worte der Liebe und des Mitgefühls mit allen lebenden Wesen könnten eure Worte sein?

Welche Taten könnt ihr setzen, wenn ihr frei wäret, frei von der Bevormundung durch eure Mächtigen?

Wie heiter und liebevoll könntet ihr mit denjenigen umgehen, die die Welt auf eine andere Weise sehen als ihr?

Wenn es schon diese Erkenntnis gibt in eurer Welt, dass eure Formen nur eure „zweite Natur" sind, wann stellt ihr endlich die Frage, wie ihr zu eurer wahren Natur kommen könnt?

Warum gebt ihr euch immer noch damit zufrieden, dass der Teller auf eurem Tisch voll mit Essen ist, während unendlich viele eurer Brüder und Schwestern verhungern?

Weil Egoismus zu eurer „zweiten Natur" geworden ist.

Warum seht ihr im Fernsehen Bilder von gesteinigten Frauen und wartet auf den Wetterbericht, anstatt aufzustehen und diesen kranken Wahnsinn zu beenden? Weil euer Mitgefühl niemals wirklich entwickelt wurde.

Warum lasst ihr es zu, dass alte, kranke und sozial isolierte Männer euch erzählen dürfen, was Gott von euch will, nachdem sie eure Kinder an Körper und Seele missbraucht haben?

Weil Angst vor der Autorität das Gewürz in eurem Babybrei war

Wie könnt ihr all diesen Wahnsinn beenden? Wie könnt ihr das Joch der Jahrtausende abschütteln? Wie könnt ihr eure Form verlassen? Wie schafft ihr es in die Freiheit, ohne schon am nächsten Morgen im Rausch einer gewonnenen Macht denselben Wahnsinn fort zu setzen?

Die Antwort darauf liegt in eurer.

Martin, du hast mir vorhin die Frage gestellt, ob ich an eine unsterbliche Seele glaube.

Jetzt ist der Moment gekommen um dir und auch dir, Maria die Antwort zu geben.

Ich glaube nicht nur an eure Seele, ich weiß um ihre Existenz Bescheid.

Genauso wie auch ihr wisst, dass ihr eurer unsterblichen Seele eine Heimat gebt.

Eure Form, euer Körper, eure Gefühle und Gedanken sind

das Gebäude, in dem eure Seele für die Dauer eures Lebens auf dieser materiellen Ebene ein Zuhause findet.

Seid euch bewusst, dass jedes Wort, jeder Gedanke, jedes Gefühl, das ihr erlebt an eurer Form weiterbaut.

Stellt euch nun bitte einmal vor, in welches Haus eure Seelen einziehen, wenn sie beschlossen haben, eine irdische Erfahrung zu machen.

Würdet ihr euch wünschen, in eurer Realität zu Gast zu sein?

Würdet ihr gerne in ein Leben eintauchen, das von Verwirrung, Krieg, Gewalt und Unterdrückung bestimmt ist?

Das ist es, was eure Seele seit tausenden von Jahren erleben muss. Sie tritt in die Ebene der körperlichen Erfahrungen und befindet sich in einem Land, in dem es fast ausschließlich Unterdrückung, Gewalt und Unbewusstheit gibt.

Wäret ihr gerne Gast in eurem Körper, der von euren Menschen zu Tode gefoltert wird, nur weil der Geist in diesem Körper der Meinung war, dass die Erde eine Kugel ist?

Ihr seht, was ich euch zeigen will.

Ich möchte euch die Verantwortung bewusst machen, die ihr habt.

In eurer Verantwortung liegt es, welchen Formen ihr Macht gebt. In eurer Entscheidung liegt es, eurer Seele ein Heim zu bereiten, in dem Liebe und Freiheit herrschen.

Wie geht das?

Kehrt bitte in euren Gedanken an euren Aufbruch vom Waldesrand zurück.

Dort seid ihr an einem Punkt angekommen, an dem ihr alle Erfahrungen und Prägungen eurer Herkunft hinter euch gelassen habt.

Ihr habt die Drähte eurer Form, an denen ihr gehangen seid wie eine Marionette, durchgeschnitten.

Ihr habt euch von den Reflexen und Ansichten und Meinungen und Glaubensbekenntnissen eurer Vergangenheit befreit.

Ihr seid wieder zu einem leeren Gefäß geworden.

Dieses Gefäß der Befreiung, dieser unbeschwerte Atem, diese Leichtigkeit eurer Körper, das ist die wahre Empfindung eurer Seele.

Ihr werdet das Gefühl haben, wie ein wunderschönes „Nichts" zu sein.

Euer Denken wird keine Verantwortung in sich tragen, eure Körper werden keine Gewohnheiten ausleben, Eure Gefühle werden bereit sein, die Welt so neu zu empfinden, wie am ersten Tag.

Das ist der Moment eurer Wiedergeburt.

Eurer Wiedergeburt.

Ihr habt den Zustand erreicht, in dem ihr euer gesamtes Leben neu beginnen könnt.

Das ist die Ebene, auf der eure Seele erfahren kann, dass das Paradies möglich ist.

Hier auf dieser Erde.

Dieser Zustand ist der Zustand, den ihr in euch getragen habt als ihr noch Kinder wart.

In eurer Seele war es bereit zu lernen. Alles was euch begegnete, war eine willkommene Botschaft dieser Welt an euch.

Was hat man aus euch gemacht?

Ängstliche, verlorene, kraftlose Wesen, die die Verantwortung für ihr Glück an die Mächtigen abgeben.

Traurige Sklaven, die den Gesetzen folgen, die sie in der Gemeinschaft vorgefunden haben und die diesen Gesetzen blind folgen.

Wenn diese Gesetze besagen, dass ihr zu dienen habt, dann dient ihr, wenn sie euch in den Krieg schicken, dann schießt ihr, wenn ihr den Gott eurer Brüder bekämpfen sollt, dann zündet ihr den Scheiterhaufen an...

Ihr seid in eine Sklavenwelt geboren und hattet kaum eine andere Wahl als Sklaven zu werden.

Einige wenige, nur einige wenige haben es gewagt, aus dem Kreislauf eurer Formen heraus zu treten. Ihr habt sie entweder verbrannt oder gekreuzigt und verlacht und verhöhnt. Gefolgt seid ihr noch immer keinem von ihnen…

Ihr habt es euch in der Komödie von Gebet und Gottesdienst gemütlich gemacht. Ihr tut so „als ob" ,wenn ihr mit Gott redet. Die Wirklichkeit ist, dass ihr vor der unendlichen Liebe so unendliche Angst habt, dass ihr diejenigen als Gotteslästerer verflucht, die euch von der Wahrheit erzählen.

Dieses „Nichts", das ihr nach eurer Reinigung geworden seid, diese „Formlosigkeit", dieses neue „Kindsein" ist eure einzige Rettung.

Ihr habt den Rettungsring für eure Seele in der Hand, benützt ihn auch!

Wenn ihr frei seid von Vor-Urteilen, wenn ihr frei seid von einer Erwartung, wie das Leben zu sein hat, wenn ihr euch kein Bild mehr macht von eurem Gott, dann habt ihr die Chance, ihm zu begegnen.

Mit eurer Seele… in diesem Leben, das zu eurem Paradies werden kann.

Wie soll das gehen?

Lasst mich nach diesen Worten, die eure Vision für euch sind, einige Gedanken mit euch teilen.

Ich möchte euch ermuntern, eure Vorstellungskraft zu erwecken.

Stellt euch bitte vor, dass ihr gereinigt und frei vom Waldesrand in eure gewohnte Umgebung zurückkehrt.

Ab diesem Moment wird alles, was euch begegnet eine Neuigkeit sein.

Selbst das gewohnte Stück Brot wird einen völlig neuen Geschmack haben.

Warum?

Weil ihr eure Sinne gereinigt und wieder belebt habt.

Alles, was euch von diesem Tag an begegnet, kann nur unter einem neuen Licht gesehen, gedacht und empfunden werden.

Nützt diese unendliche Chance.

Ich verwende das Wort „unendlich", weil es ab diesem Moment tatsächlich nie wieder ein Ende geben wird in euren Erfahrungen.

Ihr hattet eine Form, in der ihr euch eingerichtet habt. Diese Form habt ihr aufgelöst und hinter euch gelassen.

Jetzt ist jeder Tag ein Tag, an dem ihr in allen Begegnungen die Frage stellen könnt: Ist diese Erfahrung gut für mich?

So einfach lautet die Frage und so einfach werden eure Antworten sein.

Jeden Bereich des Lebens werdet ihr mit diesen Fragen prüfen können.

Jeden.

Stellt euch vor, dass ihr einem Menschen begegnet, der euch erzählen will, dass Gott von ihm fordert, auf Sex zu verzichten. Wenn ihr Lust habt, voll Geduld in ein Gespräch mit diesem Menschen einzutreten, könnt ihr ihm mitteilen, dass ihr wisst, dass Gott dem Menschen die Sexualität gegeben hat um ihm nahe zu sein in der Begegnung mit einem anderen Menschen.

Ich vermute, dass euer Gesprächspartner ungehalten reagieren wird und versuchen wird, euch zu „belehren".

Vielleicht hättet ihr früher eingelenkt um eine Scheinharmonie zu erhalten oder ihr hättet geschwiegen, weil ihr den Frieden am Arbeitsplatz nicht gefährden wolltet. Ihr hättet euch selbst verleugnet.

Jetzt aber, habt ihr den Mut eure Gedanken frei zu äußern und ihr habt den Mut die Konsequenzen zu erleben.

Wenn ihr einem eurer Mächtigen widersprecht, kann es sein,

dass ihr Bestrafung auf euch zieht.

Früher habt ihr aus Angst vor Strafe geschwiegen, heute seid ihr bereit aufzustehen und zu gehen.

So einfach diese Worte klingen, so unmöglich erscheinen sie den meisten Menschen in eurer Form: „aufstehen und gehen".

Wer kann sich das schon erlauben?

Immerhin muss Geld verdient werden, Autos gekauft, Häuser abbezahlt, Kinder gefüttert und Notgroschen angelegt werden...

Ihr aber, ihr Kinder einer neuen Zeit, ihr hört auf den Ruf eurer Seele und ihr steht auf und geht.

Ihr verlasst die Bühne, auf der die Tragödie einer Unterdrückkung gespielt wird und ihr verlasst sie ohne Angst.

In den alten Zeiten eures wahnsinnigen Planeten hat es immer wieder Menschen gegeben, die bereit waren für ihren Glauben zu sterben.

Das sollt ihr nicht tun.

Ihr werdet für euren Glauben leben. Das Bild des Märtyrers ist eines der alten Bilder, die euch anspornen und abschrekken sollen. Beides im selben Atemzug.

Für eure Form sollt ihr bereit sein zu sterben, das ist die Botschaft hinter den Gekreuzigten.

Die Form wird euch seit Jahrtausenden von den Mächtigen diktiert und die haben nicht das geringste Interesse an der Freiheit eures Lebens, eures Denkens, eurer Gefühle und eurer Seele.

Ihr werdet aus der Reinheit eurer Seele heraus empfinden, welche Gedanken und Formen euch zerstören sollen und ihr werdet einfach weggehen.

Ihr werdet euch mit denjenigen vereinigen, die denselben Weg gehen wie ihr.

Ihr werdet eine Welt in der Welt errichten. Eine Welt, die der Entfaltung eurer Seele in Liebe und Freiheit dient.

Maria...

Martin...

Alles das, was ich euch jetzt gesagt habe soll euch bewusst machen, dass ihr bereit seid.

Ihr seid bereit, eine Frau und ein Mann einer neuen Welt zu sein. Eine Frau und ein Mann in der Welt der Wahrheit.

Ihr habt euch gefunden und seid in eurem Spiel durch das Tor gegangen, über dem das Wort „Paradies" gestanden ist.

Ihr habt die alten Bilder der alten Götter auf diesem Weg als Märchen für Kinder der alten Zeit erkannt.

Ihr habt all die Bilder, Götter und Ängste der letzten 10.000 Jahre hinter euch gelassen.

Ihr habt das einzig wahre Bild des einzig lebendigen Gottes gefunden, das Bild von der Göttlichkeit einer Frau und eines Mannes, die in der Vereinigung ihrer Körper, ihrer Herzen, ihrer Wesen und ihrer Seelen das Tor zum Paradies durchschritten haben.

Jetzt seid ihr in diesen Raum gekommen um zu erfahren, wie es euch möglich sein wird, euer Glück zu bewahren.

Ich hab meine Gedanken mit euch geteilt und euch in eurer Fantasie bis an den Punkt begleitet, an dem ihr jetzt steht.

Dieser Punkt ist der Beginn eures neuen Lebens in der Welt.

Diese Welt, in die ihr jetzt zurückkehren werdet ist immer noch die Welt, die ihr kennt.

Die Welt vor dem Berg hat sich nicht dadurch verändert, weil ihr euch entwickelt habt.

Das müsst ihr wissen.

Die alten Bild, die alten Götter, die alten Lügen sind immer noch an der Macht.

Ich sage euch dies so eindringlich, damit ihr daran denkt, euch zu schützen.

Eure Art und Weise die Wahrheit zu leben, macht euch zu offenen Menschen.

Eure Herzen sind offen und bereit für die Wahrheit, die Wahrheit jeder Begegnung.

Achtet bitte darauf, dass ihr erkennt, wenn euch Lieblosigkeit begegnet.

Achtet auf die Menschen, denen es noch fremd ist, in Liebe und Mitgefühl zu leben.

Es kann sein, dass eure Art zu lachen, zu lieben, zu denken, zu reden und zu schweigen für manche Menschen sehr fremd ist.

Es kann sein, dass sie euch angreifen, euch verhöhnen, euch provozieren wollen...

Ihr müsst verstehen, dass die Geschichte der Menschen ihnen kaum eine andere Wahl lässt.

Übt euch darin, sie nicht zu verurteilen für ihre Aggression.

Vergebt ihnen, dass ihre Unbewusstheit sie wütend macht.

Zeigt eure Wahrheit, aber lasst euch nicht in einen Krieg mit ihnen ein.

Niemand kann diesen Krieg gewinnen.

Gebt ihnen aber nicht in falsch verstandener Güte, das Recht euch zu kreuzigen, in ihren Worten und ihren Taten.

Geht ihnen einfach aus dem Weg und lebt euer Leben in Gelassenheit, Liebe und Frieden weiter.

Lebt es mit denjenigen weiter, mit denen ihr das Wissen um die Wahrheit teilt.

Ich habe euch darauf aufmerksam gemacht, dass die Welt sich nicht verändert hat, nur weil ihr euch verändert habt.

Wenn ihr mich jetzt fragt, wie ihr mit den realen Rätseln dieser Welt leben sollt, dann sage ich euch: Löst sie der Reihe nach.

So einfach dieser Satz für euch scheint, er ist die einzige Möglichkeit, mit der Realität dieser Welt da draußen zu leben.

Es gibt immer noch Krieg, immer noch Hunger, immer noch ist euer Banken- und Geldsystem so arrangiert, dass der Großteil aller Menschen niemals zu Wohlstand kommen kann, ein Großteil wird immer ärmer werden und eine Minderheit immer reicher...

Eure Gemeinschaft wird immer mehr zu einem Überwachungsstaat werden, der in eure intimsten Zimmer Eintritt hat.

Die Bilder von Gott sind immer noch in den Religionen der Steinzeit an der Macht und die zwei Religionen, die um die Herrschaft in der Welt kämpfen, sind immer noch mitten in diesem Kampf.

Der Höhepunkt dieses Ringens und die Weltherrschaft ist noch lange nicht erreicht. Die Gedanken eurer Priester kreisen nur darum, wie es gelingen kann, die Priester der Gegenseite zu vernichten, damit es am Ende keinen andern Gott geben kann als den Gott ihrer Fahnen.

Dieser Kampf setzt sich fort in dem Kampf der Staaten, die dem einen oder dem anderen „Gott gefallen".

Nichts hat sich verändert seit Kain den Abel erschlug... nichts.

Immer noch ist Gewalt der Diener eurer UnBewusstheit und eurer Gier nach der alleinigen Macht.

In diese Welt geht ihr jetzt zurück.

Ihr tragt dieses weiße Band der Liebe an eurer Hand. Dieses Band habt ihr euch an dem Tor zum Paradies gegenseitig geschenkt.

Als Zeichen der Verbundenheit eurer Seelen, Herzen und Körper.

Dieses Band soll nicht nur euch zeigen, dass ihr zu einander gehört, es ist auch das Zeichen für all die vielen anderen

Menschen, die begonnen haben für die Wahrheit zu leben.

Ihr und die anderen Menschen seid Teile einer noch nie dagewesenen Kultur.

Eure Kultur ist der erste Same einer Welt, die es in ferner Zukunft geben wird.

Wisst, dass ihr noch nicht in der Mehrheit seid.

Das ist die Wahrheit.

Schützt eure Wahrheit und gebt euch gegenseitig Mut und Kraft um eure neue Welt zu erreichten.

Inmitten eines Ozeans der alten Zeit.

Ich möchte euch die Schritte in Erinnerung rufen, die ihr gehen könnt um die Wahrheit in dieser Welt zum Blühen zu bringen.

Zuerst: Erkennt eure Wahrheit, die ihr als Mann oder Frau in euch tragt.

Erkennt, ob ihr euer Leben mit einer Frau oder einem Mann verbringen wollt und zeigt diese Wahrheit offen der Welt.

Wenn ihr alleine leben wollt oder euch nicht in eine Bindung an nur einen anderen Menschen geben wollt, zeigt es der Welt.

Seid deutlich, seid erkennbar.

Fragt euch genauso offen und wahrhaftig, ob ihr Kinder haben wollt.

Wenn das so ist, findet die Form, die für euch und den Menschen, mit dem ihr Kinder in diese Welt bringt, die beste ist.

Bedenkt: Es gibt keine Form der alten Zeit, der ihr gehorchen müsst. Jeder eurer Schritte ist möglich, wenn er in Liebe, Verantwortung und Fürsorge geschieht.

Erlaubt euch jeden Tag in einen Raum der Stille zu gehen. Dort könnt ihr euch fragen, ob ihr in eurer Wahrheit lebt, ob ihr in Liebe zu euch selbst und euren Nächsten lebt.

Wenn ihr erkennt, dass euer lebendiges Herz eine Verwandlung der Form erleben möchte, gebt euch die Ruhe und die Geduld mit euch selbst.

Fragt euch mehrmals, ob die Lust auf Veränderung die Wahrheit eures Herzens ist oder nur eine Laune eurer Hormone.

Wisst in jedem Moment, dass ihr Verantwortung habt.

Für euch und euer Leben, und für das Leben der Menschen, mit denen ihr in einer Verbindung einen gemeinsamen Weg geht.

Wenn euer Leben nach tiefer Prüfung eine Veränderung erfahren will, dann zeigt das offen den Menschen, mit denen ihr euer Leben teilt.

Es sind Menschen, die das weiße Band der Wahrheit tragen.

Habt Vertrauen, dass diese Menschen einander in Liebe helfen wollen die Wahrheit zu leben.

Gebt euch in Verantwortung für die Gefühle des Anderen die Freiheit, so zu leben, wie es eure Wahrheit von euch will.

Löst eure Bindung, wenn es die Wahrheit ist.

Verstärkt eure Bindung, wenn es die Wahrheit ist.

Tut alles, was ihr wollt und dient dabei niemals den Gesetzen der Gewohnheit, dient ausschließlich der Göttin der Liebe.

Ermöglicht euren Kindern, die in beschützter Liebe aufgewachsen sind, freie junge Menschen zu werden.

Ermöglicht es ihnen, ihre Körper und ihre Wahrheit im beschützten Räumen zu erleben, führt sie mit Güte und Deutlichkeit zu Respekt, Verantwortung und Offenheit.

Wenn die Farben der Rücksichtslosigkeit und des Egoismus auftauchen wollen, nehmt sie in euren erwachsenen Kreis und zeigt ihnen deutlich und liebevoll, dass es ein Leben in Frieden und Mitgefühl gibt.

Wenn eure Kinder eines Tages erwachsen sind, dann begrüßt sie in der Kultur, die ihr für sie bereitet habt.

Ihr seid die Ersten, vergesst das niemals.

Ihr werdet eure Kultur in die Welt tragen, die es so noch nie gegeben hat.

Ihr werdet auf die Fragen nach Krieg, Gewalt, Gier und Un-Bewusstheit die Antworten der Liebe, der Freiheit und der Genauigkeit in jedem Gefühl geben.

Ihr werdet die Pioniere einer Welt sein, die einer einzigen Gottheit dienen, der Göttin der Wahrheit.

Das ist es, was ich euch heute in diesem Raum auf eure Frage antworten möchte."

Eine Weile blieb es still in der Kammer. Der goldene Ring schwebte vor unseren Augen und drehte sich langsam weiter.

Ich sah zu Martin. Er saß an die Wand der Pyramidenkam-mer gelehnt und lächelte mir zu. Dann richtete er sich lang-sam auf. „Ich danke dir", sagte Martin und blickte auf den goldenen Ring. „Wir werden deine Worte mitnehmen in die-ses neue Leben."

Ich wollte noch nicht aufstehen. Ich sah den Ring vor mir, der schweigend zu warten schien. Dann sagte ich: „Auch ich möchte mich bei dir bedanken, aber ich habe noch eine letzte Frage."

„Frag mich, was immer du möchtest, Maria."

„Wer bist du?

Lass uns nicht vergessen, dass wir auf unserem Hotelbett in Rom liegen. Wir tragen die Displaybrillen des Paradiesspieles und wir reden mit dir in einer virtuellen Welt, in der du uns als goldener Ring erscheinst und als Stimme, deren Antworten das Bild unserer gewohnten Welt so verändern, dass ich diesen Raum als eine Andere verlassen werde als ich ihn betreten habe. Woher kommen deine Gedanken, wer bist du in Wahrheit?!"

„Ich freue mich, dass du diese Frage stellst. Vielen von euch kommt sie am Ende unserer langen Gespräche nicht in den Sinn.

Ich bin ein Mensch wie du und Martin. Ich habe ein Leben gelebt, das so wie euer Leben von den kleinen Sorgen des Alltages bestimmt war und von den großen Hoffnungen.

Ich habe geheiratet und ich habe Kinder. Das einzige was mich ein wenig von allen anderen unterschieden hat, war mein Beruf. Ich bin ein Computerspezialist. Ich entwickle Programme für die Computer der Zukunft.

Wir, und damit meine ich mich und meine Freunde, haben die virtuellen Computerwelten der Zukunft entwickelt, in denen ihr euch so bewegen könnt, als wäret ihr tatsächlich in einer Parallelwelt. Die Displaybrille, die du und Martin tragen, lassen dich in Welten eintreten und mit anderen Menschen kommunizieren, die am anderen Ende der Welt leben. In einer virtuellen Welt, die wir erschaffen haben, können sie jede Form annehmen, die ihr wollt.

So könnt ihr einander begegnen und ein Leben führen, das wie eine Neuschöpfung der Welt aussieht.

Das ist aber nur die Antwort auf die Frage, wie ich meinen Beruf ausgewählt habe. Die wichtigere Frage ist: Warum haben wir das Paradiesspiel erfunden.

Die Antwort lag in unseren Gefühlen, in unserer Art, wie wir die Welt erlebt haben und die Gedanken, die wir mit einander geteilt haben.

Wir haben festgestellt, dass wir in einer Welt leben, die von Grenzen zerschnitten wird. Grenzen zwischen Ländern, Grenzen zwischen den Kulturen, den Religionen, den Weltanschauungen und am Ende von Grenzen, die jeder Mensch in seinem Wesen mit sich trägt.

Diese Erkenntnis hat uns sehr traurig gemacht. Ich habe mich oft gefragt, wie ich ein wenig dazu beitragen könnte, das Leid und die Schmerzen zu erleichtern, die wir Menschen auf dieser Erde erleben.

Ich habe in meiner Seele eine einfache Antwort gefunden. Tausende von Jahren lang sind wir auf dieser Erde angekommen um Leid zu erleben. Wir haben Leid gebracht, Leid erfahren, Leiden zu unserem Glauben gemacht.

Meine Freunde und ich sind zu der Überzeugung gekommen, dass diese Epoche der Menschheit beendet sein sollte. Wir glauben, dass Freude, Glück, Liebe und Freiheit die nächsten Stufen für uns Menschen sein werden.

Dieses Leben kann nur in Freiheit erblühen. Diese Freiheit bedeutet, die Grenzen der Vergangenheit nicht mehr zu befolgen.

Dann wurde uns bewusst, dass wir ein Werkzeug in der Hand hielten, das es so noch nie gegeben hatte. Dieses Werkzeug waren unsere Computer.

Mit ihrer Hilfe kann es gelingen, Menschen aus den entferntesten Gebieten zu einer Familie zu machen.

„Grenzenlosigkeit" ist der zweite Name unserer verbundenen Computernetze.

Ab diesem Moment hat es nur mehr unsere Hingabe und unsere Fantasie gebraucht um das Paradiesspiel zu erschaffen.

Wir hatten die Freiheit gefunden, die Gedanken der Liebe und der Wahrheit allen Menschen in einem Spiel nahezubringen. Jeder Mensch, der sich mit anderen Menschen verbinden wollte um den dunklen Kräften der Vergangenheit zu entgehen, hatte eine Heimat gefunden.

Ich beobachte wie mit jedem Tag immer mehr Menschen wie ihr auf die Suche gehen nach Wahrheit und Freiheit.

Auf diesem Weg entsteht eure neue Welt. Sie besteht aus all den Menschen, die daran glauben, dass wir alle ein

Geburtsrecht auf Liebe und Glück haben.

Wir erkennen, wie die Welt der Realität in unseren Tagen sich zeigt. Und wir erkennen, dass Menschen wie ihr die Wahrheit, die sie in unserem „Spiel" erleben, in die Realität der Welt tragen. Und das wird eines Tages alles verändern, alles...

All das ist ein Beginn, aber jeder Weg beginnt mit dem ersten Schritt, nicht wahr, Maria?!"

„Und wo lebst du, wo bist du jetzt in diesem Augenblick?!"

Die Stimme lachte ruhig und heiter.

„Ich bin in einer Stadt auf demselben Kontinent wie ihr.

Bei mir geht die Sonne auf und jetzt muss ich dich um Verständnis bitten, wenn ich mich ein wenig zurückziehe. Meine Kinder brauchen ihr Frühstück und dann muss ich sie in die Schule bringen."

„Ich verstehe... „Vor der Erleuchtung Holz hacken, Wasser tragen... Nach der Erleuchtung Holz hacken, Wasser tragen"."

„Du sagst es, Maria. Ich freue mich, euch begegnet zu sein. Wir sehen uns wieder. Lebt wohl und – bis gleich!"

Die Stimme verstummte. Langsam und fast unmerklich wurde der goldene Ring durchscheinend. Dann war er nur mehr wie ein goldener Hauch in der Luft. Und dann war er verschwunden.

Martin sagte: „Nehmen wir die Brillen ab?"

„Ich möchte langsam Abschied nehmen", antwortete ich.

„Ist gut…"

Wir standen auf und traten durch die Türe, die aus der Kammer führte hinaus vor die weiße Pyramide.

Der Sand, der sie umgab glänzte warm in der Sonne. Hoch über ihrer goldenen Spitze zog ein Falke seine Kreise.

Ich atmete tief ein und aus. Ich sah zu Martin und sagte: „Jetzt bin ich soweit."

Er nickte und sagte: „Ich auch."

Das Bild wurde dunkel.

Wir nahmen unsere Brillen ab und sahen einander an. Die Sonne war aufgegangen und unten auf der Piazza hörte man die Töne der ersten Gäste, die ihren Kaffee bestellten.

Martin lächelte mich an. „Wollen wir?", fragte er und dann standen wir auf und gingen hinunter auf den Platz vor dem uralten Tempel der Götter.

Wir saßen nebeneinander und sahen über die Tische und die Sonnenschirme, die sich im sanften, warmen Morgenwind wiegten.

Einige Tauben flogen vom Dach des Pantheon und kreisten eine Weile über dem Obelisken im Zentrum des Platzes.

Eine junge Mutter wusch ihrem Sohn die Hände im Wasser des Brunnens, das seine Melodie sang.

Eine Katze mit weißem und rotem Fell sah den Tropfen zu, die über den steinernen Brunnenrand flogen.

Wir saßen nebeneinander und fühlten die Wärme des kommenden Tages auf unserem Gesicht.

Ich nahm Martins Hand und fühlte sein Lächeln.

Die Welt war wie immer –

   Und doch war sie eine andere.

                                        Ende

Weitere Werke von Gabriel Barylli:

Teil 2 der „Trilogie der Wahrheit"

Gabriel Barylli
Beginn
Roman
Verlag: Styria Premium
264 Seiten; 22,2 x 14,4 cm
€24,99 · ISBN-13: 978-3-222-13371-8

Digitale Ausgabe (E-Book):
ISBN: 978-3-990-40011-1

Teil 1 der „Trilogie der Wahrheit"

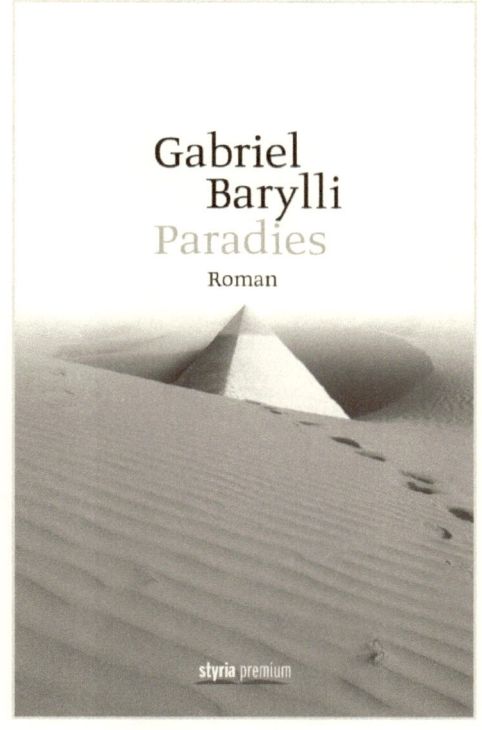

Gabriel Barylli
Paradies
Roman
Verlag: Styria Premium
272 Seiten; 22,2 x 14,4 cm
€24,99 · ISBN-13: 978-3-222-13356-5

Digitale Ausgabe (E-Book):
ISBN: 978-3-990-40009-8